Paul SAVERNON

L'Alcôve de nos Rois

Les maîtresses de Louis XIV

E. Bernard et Cie.

N° 10

Les Maîtresses de Louis XIV

Par Paul Savernon.

PARIS

E. BERNARD et Cⁱᵉ, IMPRIMEURS-ÉDITEURS

29, Quai des Grands-Augustins, 29

Droits de Traduction et de Reproduction réservés

LES
Maîtresses de Louis XIV

I

LES AMOURS DU ROI-SOLEIL.

Maîtresses de Louis XIV citées dans l'histoire.

Nous n'écrivons ici que l'histoire galante de Louis XIV.

Depuis Voltaire, tout le monde sait ce que fut le siècle du grand roi, quoique l'illustre philosophe lui-même se soit quelquefois laissé aller à juger les faits en courtisan.

Si celui qu'on appela le patriarche de Ferney a dressé la liste des ministres, des généraux et des poètes de la cour de Louis, nous nous contenterons, quant à nous, d'établir un bilan amoureux. Nous oublierons certainement quelques articles de ce commerce agréable mais nous nous efforcerons de rester aussi complet que le permettent le sujet et les circonstances.

Et d'abord, l'inventaire.

Les maîtresses historiques de Louis XIV, avec des degrés dans l'importance sont, dans l'ordre de leur faveur plus ou moins longue :

1° Catherine Henriette de Beauvais ;

2° Mademoiselle de la Motte d'Argencourt ;

3° Mademoiselle de la Motte d'Houdancourt ;

4° Olympe Mancini ;

5° Marie Mancini ;

6° Henriette d'Angleterre ;.

7° Louise-Françoise de La Baume Le Blanc, duchesse de La Vallière ;

8° La princesse de Monaco ;

9° La marquise de Montespan ;

10° Madame de Lude ;

11° Madame de Ludry ;

12° Anne de Rohan Chabot, princesse de Soubise ;

13° Madame de Guiche ;

14° Marie-Angélique Scoraille de Roussille, duchesse de Fontanges ;

15° Madame Châteautiers ;

16° Françoise d'Aubigné, marquise de Maintenon.

Nous laissons aux fouilleurs du passé, rats de bibliothèque, l'honneur de s'occuper des maîtresses anonymes : il paraît que, sous Louis XIV, elles furent aussi nombreuses que sous son successeur de luxurieuse mémoire.

Nous réservons tout naturellement une étude particulière aux quatre grandes favorites, à Mademoiselle de La Vallière, à Madame de Montespan, à Mademoiselle de Fontanges et à Madame de Maintenon, et nous consacrerons ce premier chapitre à donner des renseignements curieux, quoique succincts, sur les *honnestes* dames ou demoiselles que nous venons de nommer.

**

LA BEAUVAIS. — Il paraît que c'est la première personne qui ait séduit le Roi.

Celui-ci avait alors quatorze ou quinze ans et Madame de Beauvais, environ quarante-cinq.

Et pourtant, cette liaison est authentique.

L'abbé de Choisy a écrit des *Mélanges historiques, anecdotiques et critiques* sur la fin du règne de Louis XIV et il affirme que Cataut, c'est le surnom qu'on donnait à la Beauvais, avait encore, en 1661, des relations avec le roi.

Un autre abbé, l'abbé Le Bœuf, nous apprend que le 11 avril 1687, le Parlement enregistra des Lettres-patentes en faveur de la dame de Beauvais, portant don de la terre et Seigneurie de Gentilly, acquise au nom du roi.

C'était la récompense de l'initiation. Dans cet ordre ou ce désordre d'idées, comme on voudra, si, comme le prétend Balzac, la femme de trente ans est d'une force supérieure, à plus forte raison celle de quarante-cinq ans, qui a besoin de se faire pardonner les premières rides, et surtout la comparaison avec les jolis minois qui essayent de venir faire fortune à la Cour.

*
* *

Mlle DE LA MOTTE. — Saint-Edme raconte qu'une fois initié aux doux mystères de l'amour, le jeune Louis, emporté par un tempérament de feu, consumé de désirs sans cesse renaissants, chercha autour de lui de nouvelles jouissances.

Les grâces et la beauté d'Elisabeth de Tarneau, fille d'un avocat au Parlement, le séduisirent d'abord, mais Elisabeth n'entra pas dans les projets du roi.

Elle eut la prudence de refuser l'entretien secret qu'il lui demandait. Il faut croire qu'elle aimait ailleurs, et le véritable amour est encore plus fort que l'ambition.

Repoussé de ce côté, Louis se retourna vers une fille d'honneur de la reine-mère.

Elle était de la maison de Conti, et se nommait la Motte d'Argencourt.

Ce fut au bal qu'il la distingua. Elle dansait, à ce qu'il paraît, avec une grâce particulière ; et, de plus, elle était belle et pleine d'esprit.

Malheureusement, elle abusa de ces avantages pour jouer le roi, qui n'avait pas encore assez d'expérience pour se tenir en garde contre les manœuvres de la coquetterie et contre les ruses féminines.

Mademoiselle d'Argencourt, flattée de voir son maître à ses pieds, affermissait son empire par des rigueurs étudiées.

Elle permettait des soupirs et exigeait des respects. Elle céda bien, mais rarement.

On dit qu'elle se dédommageait en secret d'une vertu si pénible avec Chamarante, son amant, un des plus beaux hommes de la Cour.

Nous avons cité Mlle de la Motte-Houdancourt. Celle-ci était la fille du maréchal de ce nom. Louis XIV eut un caprice pour elle, caprice très éphémère d'ailleurs.

*
* *

OLYMPE MANCINI. — Dans le but secret d'affirmer son autorité par de grandes alliances, le cardinal Mazarin avait fait venir ses nièces d'Italie.

Elles avaient toutes de l'esprit et, suivant Saint-Edme, leur présence à la Cour mela bientôt à la galanterie noble et fière qu'y avait introduite Anne d'Autriche la coquetterie subtile du pays qui les avait vues naître.

Le roi, dont les débuts en amour n'avaient pas été brillants, s'attacha tour à tour à deux d'entre elles.

C'est Olympe, la seconde des nièces de Mazarin, qui reçut la première les aveux de Louis.

Une courte digression s'impose ici.

Le Cardinal avait cinq nièces : la première, Laure-Victoire, avait épousé à l'âge de quinze ans, en 1651, Louis, duc de Vendôme, petit-fils de Henri IV. Elle donna le jour au fameux duc de Vendôme, un des plus illustres capitaines de cette époque, et au grand prieur de France, Philippe de Vendôme.

La seconde fut Olympe, dont nous allons reparler ;

La troisième, Marie, qui a plus loin sa notice ;

La quatrième, Hortense, mariée au duc de la Meilleraie, qui prit le titre de duc de Mazarin ;

La cinquième, Marie-Anne, devenue duchesse de Bouillon.

On peut dire que les cinq nièces du Cardinal lui furent plus utiles qu'une compagnie de mousquetaires.

Quand Olympe Mancini régna sur le cœur du roi, elle avait à peu près son âge.

Le portrait qu'on nous a laissé d'elle est des plus séduisants.

Elle avait des cheveux blonds magnifiques ; un teint éblouissant ; des yeux bleus, qui n'en étaient pas moins vifs : le nez aquilin, des lèvres de corail. Pour savoir comment l'amour peut donner la vie ou la mort à un amant, il fallait la voir parler ou sourire. Enfin, pour compléter cette exquise physionomie, ajoutons qu'elle avait le cou, la gorge, les bras et les mains d'une beauté parfaite.

Olympe Mancini avait donc plus de mérite qu'il n'en fallait pour tenter un cœur de dix-huit ans ; malheureusement, Anne d'Autriche veillait ; elle fit part de ses inquiétudes à Mazarin, qui s'empressa de marier sa jeune parente à Maurice, comte de Soissons.

Dès qu'elle fut en puissance d'époux, Olympe essaya de reconquérir le roi : il était trop tard. Sa sœur, Marie, avait eu la même ambition et l'avait réalisée.

MARIE MANCINI. — Plus jeune d'une année que le roi, Marie Mancini était née à Rome.

Elle était moins belle que sa sœur, cependant, il y avait dans toute sa personne une élégance à laquelle on ne résistait pas, et dans son esprit, cette force, cette hauteur, si dangereuses chez la maîtresse d'un roi, quand elles ne sont pas affaiblies par l'amour.

Marie Mancini s'était prise de bonne heure de passion pour Louis XIV.

Elevée pour ainsi dire avec lui, elle commençait à produire sur son cœur quelque impression lorsqu'il tomba malade à Calais. Il ne put être insensible à l'intérêt qu'elle lui témoigna dans cette circonstance, et l'amitié chez lui fit place à un sentiment plus tendre.

Cette liaison ne fut pas sans avantages pour Louis.

Les deux amants employaient à la lecture de vers, de romans, de comédies, des moments que d'autres moins novices auraient employés d'une manière toute différente.

Marie enseignait à Louis l'italien, lui apprenait à penser, à sentir, et lui formait l'esprit.

Mais Marie était italienne et Louis avait un tempérament de feu.

Leurs entretiens particuliers devenaient donc dangereux et Anne d'Autriche vint encore y mettre un terme.

Mazarin, excité par elle, voulut d'abord s'opposer aux progrès de cette passion. Soit qu'elle fût contraire à ses vues, soit qu'il eût pris sa nièce en aversion, ou qu'il eût le dessein de plaire à la reine, il défendit aux deux amants de se voir.

C'était leur inspirer le désir de se voir plus souvent encore.

Ils parvinrent à se donner rendez-vous, s'attendrirent et se jurèrent un amour éternel.

Marie reprochait souvent à Louis la contrainte où le tenait le cardinal ; elle lui représentait que son ministre et sa mère ne cherchaient qu'à étendre la minorité et à le tenir dans une éternelle enfance.

Dans un moment d'exaltation, Louis promit à Marie de l'épouser. Ces moments revinrent souvent et le serment fut mille fois répété.

Mazarin n'avait pas prévu que cette passion irait si loin : il avait craint pour l'honneur de sa nièce, il feignit de trembler pour la gloire de son roi.

Cependant, il voyait avec un secret plaisir, une alliance, ou une possibilité d'alliance, qui flattait son ambition.

La reine-mère le devina. Un jour qu'il cherchait à la sonder à ce sujet, elle lui dit avec émotion :

« Si jamais mon fils faisait cet affront à son sang, je me mettrais à la tête de tous les ordres de l'Etat pour venger l'honneur de la famille royale. »

Mazarin, que la Reine-mère soutenait seule contre la haine et le mépris des princes et de la nation, trembla, renonça à ses espérances et s'occupa d'éloigner sa nièce.

Le roi eut beau pleurer, gémir, menacer, embrasser les genoux du cardinal et l'appeler son père, il ne put rien obtenir.

Au moment où, d'après l'ordre de son oncle, Marie Mancini allait partir pour Brouage, voyant Louis abîmé dans l'excès de sa douleur : « Vous êtes roi, vous pleurez et je pars ! » lui dit-elle.

Et ces paroles significatives n'ayant pas eu le pouvoir de donner quelque énergie au roi, qui n'y répondit que par des larmes, elle le quitta brusquement et remonta en voiture.

Que s'était-il passé précédemment entre les deux amoureux ?

Les mœurs de l'époque ne laissent pas beaucoup de doute dans l'esprit des historiens.

Le cardinal Mazarin mourut le 9 mars 1661. Sa nièce apprit cette mort avec une joie qu'elle ne sut même pas déguiser.

On dit même qu'elle s'écria devant le duc de Nevers : « Dieu merci ! »

Au fait, le Cardinal l'avait peut-être empêché d'être reine de France !

Un mois après la mort du grand ministre, Marie Mancini épousa le prince de Colonna, connétable de Naples. Le roi, à cette occasion, lui fit de riches présents :

« Il fut aussi généreux que s'il l'eût aimée, a dit Reboulet ; mais il ne l'aimait plus, et, malgré toutes les agaceries qu'elle employa pour faire revivre une passion dont elle voulait persuader qu'elle n'était pas guérie, elle partit, et le roi vit son départ sans regret. »

Les premières années de son mariage furent heureuses. On affirme que son mari, qui ne croyait pas qu'il pût y avoir de l'innocence dans les amours royales, crut avoir trouvé la preuve du contraire.

Il en perdit la mauvaise opinion qu'il avait, comme tous les Italiens, de la liberté que les femmes ont en France, et il voulut qu'elle jouit de cette même liberté à Rome, puisqu'elle savait si bien en user.

Cette noble confiance réussit cependant fort mal à Colonna.

A la suite d'une couche pénible qui avait mis ses jours en danger, Marie signifia au prince qu'elle ne voulait plus vivre avec lui.

La désunion se mit ensuite entre eux. Sur ces entrefaites, la sœur de Marie, Hortense, qui ne vivait pas à Paris en meilleure intelligence avec son mari, le duc de la Meilleraye, abandonna son époux et arriva à Rome.

La princesse et la duchesse se trouvaient dans un même état d'âme, et bientôt, un véritable roman commença.

Profitant de l'absence du Connétable, Marie Mancini, princesse Colonna et Hortense, duchesse de la Meilleraye, se rendirent sous des habits d'homme à Civita-Vecchia, où elles s'embarquèrent pour la Provence.

Les bruits les plus déshonorants se répandirent sur le compte de Marie. Son époux obtint néanmoins du pape une excommunication majeure contre ceux qui parleraient mal de Madame la Connétable, et il envoya sur tous les chemins qu'il supposait que sa femme pouvait avoir pris un grand nombre de courriers.

L'un d'eux la rejoignit à Marseille. Elle se contenta de le charger d'une lettre pour son mari, et elle continua sa route.

Les fugitives furent reçues à Aix par Madame de Grignan, qui leur donna des chemises en disant qu'elles voyageaient en vraies héroïnes de roman, avec force pierreries et point de linge blanc.

Il semble que quelque intérêt de galanterie se trouvât en jeu dans cette équipée.

On lit, en effet, dans une lettre de Mademoiselle de Scudéri, que ces deux dames s'étaient arrêtées à Aix, déguisées en hommes, pour venir voir les deux frères, le chevalier de Lorraine et le comte de Marsan.

Madame de Sévigné écrivait à sa fille, le 20 juin 1672 :

» La comtesse de Soissons et Madame de Bouillon sont en furie contre ces folles et disent qu'il faut les enfermer : elle se déclarent fort contre cette étrange folie. »

Hortense, qui n'était pas sans inquiétudes sur les démarches de son mari à son égard, se retira en Savoie.

Quant à Marie, confiante en la protection de Louis XIV, elle se disposait à se rendre à Paris, lorsqu'elle reçut l'invitation de se fixer à l'abbaye du Lys, où le roi lui alloua une pension considérable.

Elle se plaignit quelque temps après à Colbert, en termes peu mesurés, du refus que Louis faisait de la voir. Pour toute réponse, elle reçut l'ordre de se retirer dans un couvent plus éloigné.

Marie Mancini se retira dans un monastère de Madrid et c'est dans l'obscurité d'un cloître que finit celle qui avait été si chère à Louis XIV.

*
* *

Henriette d'Angleterre, duchesse d'Orléans. — Fille de Charles 1er, née au milieu des troubles qui conduisirent son père à l'échafaud, elle épousa, Monsieur, frère unique du Roi de France.

Entièrement lié à quelques favoris, Monsieur, avait, dit-on, les goûts de Henri III.

Il préférait un page à une fille d'honneur.

Rien n'était moins séduisant pour une princesse jeune, belle, remplie d'esprit et de grâces, excitée, d'ailleurs, par des femmes coquettes et galantes.

Aussi, chercha-t-elle des distractions.

Quelque temps après leur mariage, les nouveaux époux avaient rejoint la cour à Fontainebleau.

Les charmes d'Henriette attirèrent l'attention du monarque. Il causa avec elle, lui trouva de l'esprit, et sa conversation lui plut tellement qu'il chercha toutes les occasions de l'entretenir.

De son côté, Henriette, mariée à un prince dont les goûts et le caractère sympathisaient si peu avec les siens, ne pouvait s'empêcher de comparer les deux frères : et la comparaison n'était pas favorable à l'époux.

A une vive amitié succéda insensiblement un sentiment plus tendre.

Pour colorer d'un prétexte, aux yeux de la cour, les assiduités du roi auprès de Madame, il fut convenu que Louis feindrait de s'attacher à une des filles d'honneur de la princesse.

Le choix tomba sur une jeune personne dont la modestie ne devait pas effaroucher encore Henriette, mais celle-ci fut bientôt cruellement détrompée.

Le hors-d'œuvre devait devenir la pièce de résistance.

La fille d'honneur qui devait enlever à Henriette de France le cœur de Louis XIV, s'appelait Mademoiselle de La Vallière.

La fille de Charles Ier, morte le 23 juin 1670, inspira à Bossuet une de ses plus belles oraisons funèbres : « Madame se meurt, Madame est morte! »

Au moment de rendre le dernier soupir, elle avait dit à son mari :

— Hélas ! Monsieur, vous ne m'aimez plus, il y a longtemps, mais cela est injuste. Je ne vous ai jamais manqué.

Mais alors? Est-ce que Louis XIV aurait joué vis-à-vis d'elle le rôle d'amoureux transi?

***

LA PRINCESSE DE MONACO. — Catherine-Charlotte,

fille d'Antoine de Grammont, pair et maréchal de France, avait épousé Louis Grimaldi, prince de Monaco.

Si l'on en croit l'auteur des *Mémoires de Madame de Maintenon*, il paraît que Lauzun, son parent, avait avec elle « une affaire réglée mais sérieuse », et qu'il lui défendit impérieusement d'écouter le roi.

La princesse de Monaco, fatiguée des menaces et de la hauteur de Lauzun, pria le roi d'envoyer cet incommode amant à l'armée.

L'ordre est donné : Lauzun le méprise ; il est réitéré, nouvelle désobéissance.

Bien plus, le fier rival de Louis ose reprocher au roi de ne l'éloigner que pour lui ravir sa maîtresse et, dans son orgueilleux dépit, il jette sur la table la démission de sa charge de général de dragons, accompagnant cette action de paroles si peu respectueuses que Louis XIV l'envoie à la Bastille.

S'il faut en croire la chronique scandaleuse de Bussy-Rabutin, la princesse de Monaco, qui trompa son mari et Lauzun, serait morte des suites de ses débauches. Elle n'avait que trente-neuf ans.

*
* *

MADAME DE LUDE. — Depuis longtemps, Madame de Montespan était en possession du cœur du roi lorsque Louis jeta les yeux sur Madame de Lude, chanoinesse de Lorraine, ce qui donna lieu à cette épigramme :

LOUIS XIV et MARIE MANGINI

> La Vallière était du commun,
> La Montespan est de noblesse
> Et la de Lude est chanoinesse :
> Toutes trois ne sont que pour un.
> Mais savez-vous ce que veut faire
> Le plus puissant des potentats ?
> La chose paraît assez claire :
> Il veut unir les trois Etats.

La chanoinesse de Lorraine fit passer de mauvaises nuits à Mme de Montespan.

« Mademoiselle de Lude, dit la Beaumelle, sans entrer dans plus de détails, n'avait fait que passer : une nuit avait vu son bonheur naître et mourir. »

D'après Mme Gacon-Dufour, à la suite d'un bal donné par le duc de Vivonne, le bruit courut que Mademoiselle de Lude allait devenir maîtresse du roi.

L'on en prévint la reine qui répondit que cela ne la regardait pas et que c'était l'affaire de Madame de Montespan.

Madame de Gacon-Dufour donne à entendre que ce premier goût du roi ne fut que passager, mais que, plus tard, Mlle de Lude inquiéta la Montespan.

Un jour que le roi, en allant à la messe, avait adressé quelques compliments à Mlle de Lude, celle-ci se rendit le soir chez la grande favorite, dans l'intention d'y voir Louis.

Mal lui en prit, car cette dernière lui fit une scène affreuse et poussa la violence jusqu'à vouloir l'étrangler.

Mlle de Lude, ayant perdu tout espoir de remplacer Mme de Montespan, tomba malade de dépit.

« Elle souffrait, disait Ninon, comme les damnés qui voient de la voûte des enfers, les joies du paradis. »

Toutefois, elle fit une dernière tentative et joua le désintéressement.

Elle refusa d'abord les présents que Louis XIV voulait lui faire. On dit, à cette occasion, que si ce refus lui donnait un amant, elle passerait pour très habile ; dans le cas contraire, elle aurait fait une sottise.

Puis, elle se disposa au voyage de Fontainebleau ; mais elle fut obligée de renoncer à ce projet, Mme de Montespan lui ayant fait dire que, si elle s'y présentait, elle l'en ferait chasser.

Il paraît que quelque temps après elle se retira au couvent de Sainte-Marie, au faubourg Saint-Germain, à la grande satisfaction de Madame de Montespan.

Ce qui la détermina à prendre ce parti, ce fut la crainte d'un ordre de retraite en Lorraine.

L'historien Anquetil attribue la suppression des filles d'honneur de la reine aux craintes que ces demoiselles inspirèrent à la Montespan qui, tout récemment, avait vu sortir de leurs rangs la belle de Lude, pour laquelle le roi avait éprouvé un goût passager, mais très vif.

*
* *

La princesse de Soubise. — Anne de Rohan-Chabot, princesse de Soubise, s'était mariée en 1663.

Cette dame, *d'une vertu fort distinguée*, d'après Moreri, n'en fut pas moins la maîtresse de Louis XIV.

« Elle était fine, dissimulée et très méchante, dit la princesse de Bavière. Elle a indignement trompé la bonne reine, qui l'en a bien payée en mettant au jour tant de faussetés et en la démasquant devant tout le monde. »

L'époux de la princesse de Soubise était très jaloux. Déjà, ayant soupçonné sa fidélité, il l'avait obligée de le suivre en Flandre. Elle reparut à la cour et attaqua de nouveau le cœur du roi.

Elle réussit. Cette liaison fut longtemps secrète, mais enfin elle éclata.

Une nuit, après avoir attendu le roi jusqu'à une heure fort avancée, la reine, inquiète, se décida à le faire chercher dans tout le château et même dans tout Versailles.

On alla le demander, de sa part, à toutes les coquettes et à toutes les émancipées de la cour. L'enquête dut être longue.

On éveilla Madame de Montespan, qui répondit que depuis longtemps le roi ne couchait guère chez elle.

On se rendit chez Madame d'Hudicourt, que ce soupçon flatta considérablement.

Toutes les recherches furent inutiles.

Le lendemain, les dames de la cour s'observaient ; on ne pouvait douter qu'il n'y eut une intrigue d'amour en jeu.

Mais quelle en était l'héroïne?

Madame de Soubise désigna à la malignité publique une dame qui bien différente de Madame d'Hudicourt, se trouva blessée de ces soupçons et s'en plaignit vivement.

Louis, indigné de la méchanceté de Madame de Soubise, avoua tout à la reine dont la surprise fut grande sans doute. En effet, à peine si le roi adressait ordinairement la parole à Madame de Soubise.

« Quand elle veut me donner un rendez-vous, dit-il à la reine Marie-Thérèse, elle m'en avertit en mettant des pendants d'oreilles d'émeraudes. Et moi, de mon côté, pour obtenir un tête-à-tête, je mets un diamant à mon petit doigt. »

Le récit de Saint-Simon diffère un peu du précédent.

Le grand mémorialiste dit seulement que le mari était de bonne composition.

On trouvait alors beaucoup de maris de cette école : il paraît qu'il en reste encore.

Le prince de Soubise trouvait donc dans les richesses et les honneurs dont on l'accablait une heureuse compensation aux petits désagréments que d'autres partageaient avec lui, sans en retirer les mêmes avantages.

Du reste, il ne renonça pas, comme le marquis de Montespan, à ses droits sur sa femme.

Madame de Montespan, en haine de Madame de Maintenon, dont la faveur pointait à l'horizon, favorisait elle-même la passion du roi pour Madame de

Soubise ; et, quoique celle-ci prit un grand empire sur le cœur de Louis, l'ancienne maîtresse se plaisait à l'inviter à son cercle, vantait hautement ses grâces et sa franchise et prenait de là occasion de faire un tableau effroyable des hypocrites qui, pour captiver l'attention, prennent tous les masques.

Elle avait le soin de raconter toutes les aventures des femmes de la cour qui avaient été galantes dans leur jeunesse et qui, à l'âge de quarante-sept ans. — c'était celui de Madame de Maintenon — affectaient une modestie qui n'en imposait à personne.

Ces propos et beaucoup d'autres dirigés contre la veuve de Scarron, se renouvelaient souvent.

Madame de Soubise, si l'on en croit la princesse de Bavière, n'aima le roi que par intérêt.

Ce qu'il y a de certain, c'est qu'elle exerça un grand empire sur le monarque, empire qu'elle conserva même après sa rupture.

Elle était fort belle, et, comme dit Saint-Simon, d'un *blond hasardé !*

Elle mourut en 1703, âgée de soixante et un ans, ayant eu de son mari douze enfants, dont le cardinal de Rohan, né en 1674, et qui passait pour être du Roi.

⁎

Madame de Guiche. — Le roi fut souvent infidèle à la Montespan.

Mais, jusqu'à Mlle de Fontanges, si l'on en excepte Mme de Soubise, il n'eut réellement pas de passion sérieuse, et peu de noms ont échappé à l'oubli de l'histoire.

A Mlle de Lude succéda la comtesse de Guiche.

Moreri parle d'un Bernard de Guiche, comte de Saint-Géran, chevalier des ordres du roi, lieutenant-général et ambassadeur. Il avait épousé Françoise-Madeleine-Claude de Warignies. Tout porte à croire que c'est la comtesse de Guiche dont nous parlons ici.

Tels étaient les empressements du roi auprès d'elle que les courtisans pariaient qu'elle serait bientôt maîtresse déclarée.

Mme de Montespan tomba malade et la comtesse redoubla de coquetterie ; mais la favorite guérit promptement et son retour à la santé enleva tout espoir à Mme de Guiche qui, trop peu expérimentée, accorda tout avant d'avoir rien obtenu.

*
* *

Amours éphémères. — Quelques autres noms de filles ou de jeunes femmes apparaissent encore dans les ouvrages d'histoire indiscrète.

Avant de parler des grandes maîtresses, de celles qui furent des reines de la main gauche, épuisons cette liste galante.

Mlle de Guédany, fille naturelle du duc d'Enghien et de la veuve du comte de Marans, plut au roi par son caractère vif et enjoué.

Mme de Montespan s'inquiéta du goût que Louis témoignait ouvertement pour la jeune Guédany.

— Ce n'est qu'une enfant, disait le prince.

— Et ce sont, répondait la favorite, les enfants que je crains, et surtout les enfants de l'amour.

Mlle de Guédahy ne fit que passer. Après avoir été légitimée, elle fut mariée au marquis de Lassay.

Si l'on en croit la Beaumelle, Mme de Thianges envia la situation de Mme de Montespan, sa sœur; non pour elle, mais pour ses filles, Mme de Nevers et Mlle de Thianges, devenue duchesse de Sforce.

La Beaumelle, déjà cité, prétend que les deux sœurs étaient d'une beauté accomplie :

« Louis XIV, ajouta-t-il, les mettait de toutes ses promenades : ses désirs erraient de l'une à l'autre et ne pouvaient se fixer ; il aimait celle qu'il voyait ; mais celle qu'il ne voyait pas lui paraissait plus aimable. »

Anquetil, d'après Mme de Caylus, donne à entendre que Mme de Montespan était portée à favoriser les amours de Mme de Nevers et du roi.

Il dit même positivement qu'elle introduisait sa nièce dans les plaisirs du roi.

Tout cela pour arracher Louis XIV à Madame de Maintenon : au moins, serait-il resté dans la famille.

Avant d'arriver à Mademoiselle de Fontanges, dont la destinée explique une notice spéciale, une Madame de Grancey crut avoir le doit d'espérer; Madame d'Harcourt résista, et Madame de Grammont fit vainement quelques tentatives pour entrer dans l'alcôve royale.

Plus tard, quand mourut l'infortunée Fontanges,

on nommait déjà celle qui devait lui succéder. C'était Mademoiselle de Chateau-Thiers.

On assurait même que Marillac avait été chargé de lui faire des propositions. Il paraît, cependant, qu'elle donnait peu d'inquiétude à Madame de Montespan puisque dans un voyage à la suite du roi, cette dernière se fit accompagner par Madame de Thianges et Mademoiselle de Château-Thiers, dont la liaison avec Louis avait commencé pendant la maladie de Mademoiselle de Fontanges.

On cite encore une demoiselle des Rillets, fille d'un comédien, aussi ambitieuse que la veuve de Scarron, et qui mourut de chagrin de n'avoir pas été maîtresse en titre.

A en croire la princesse de Bavière, la duchesse de Roquelaure ne fut pas à l'abri du soupçon.

Elle était de la maison de Laval et avait épousé, en 1683, le duc de Roquelaure, depuis maréchal de France.

On a prétendu que la duchesse fit des avances. Pourquoi non ? Tant de nobles concurrentes se présentaient pour l'honorable poste de favorite qu'il fallait bien faire valoir ses droits et ses avantages, sous peine d'être éclipsée par ses rivales.

Voilà pour les maîtresses avouées de Louis XIV.

Madame, sa belle-sœur, lui a attribué des goûts roturiers.

Il est certain qu'il eut beaucoup de femmes d'une classe très inférieure.

Son valet de chambre était chargé du soin de ses

menus plaisirs, et connaissait seul le détail de ses galanteries. Lebel remplissait le même rôle auprès de Louis XV, mais à cette époque, il y avait le Parc-aux-Cerfs et le recrutement des belles filles s'imposait pour ne pas laisser péricliter une telle institution.

Parmi les maîtresses de rencontre de Louis XIV, plusieurs filles furent dotées et les enfants qu'elles eurent du roi furent mariés ou placés dans les armées.

Et maintenant, passons aux femmes dont l'histoire a gardé le nom, comme inséparable de celui du Roi-Soleil, à la charmante La Vallière, à la majestueuse Montespan, à la pauvre de Fontanges, moissonnée par la mort en pleine adolescence, et enfin à l'imposante Marquise de Maintenon qui passa du lit du cul-de-jatte Scarron dans la couche du Roi de France.

II

LA DOUCE AMIE

Mademoiselle de La Vallière.

Dans un beau livre sur Mademoiselle de La Vallière et sur Madame de Montespan, Arsène Houssaye qui fut, avec Imbert de Saint-Amand et M. de Lescure, le plus parfait et le plus historiographe du cœur féminin, parle d'un portrait, à la manière de Mignard, qui réprésente l'héroïne si particulièrement gracieuse que nous allons étudier.

Ce portrait représente Mademoiselle de La Vallière jeune encore.

A peine si la passion de Louis XIV a fait pâlir sa jeunesse.

L'œil est doux et brûlant, la lèvre est rouge, l'expression est toute profane.

C'est une femme de cour qui ne s'inquiète pas si l'horizon est chargé de nuages.

Dieu ne l'a pas abandonnée, mais elle a quitté Dieu.

Or, cette adorable figure qui, sans doute, était peinte dans la robe des fêtes, montrant sans y penser son bras et son cou, peut-être son sein, comme aux bals de la cour, a été longtemps après revêtue par un autre peintre, des habits de carmélite.

Le peintre a été impitoyable, comme Sœur Louise de la Miséricorde elle-même.

Il a sacrifié cette belle chevelure, coupable d'avoir reçu les baisers de Louis XIV.

Il a jeté le voile pudique et jaloux tout autour de cette tête si vivante, même dans l'obscurité du cloître.

Les deux femmes sont là : la Diane des chasses de Fontainebleau et la religieuse qui brûle son voile de ses larmes, la rivale de Madame de Montespan amoureuse de la rivale de Madame de Longueville pénitente, la duchesse de La Vallière et Sœur Louise de la Miséricorde.

Ce portrait est d'un grand enseignement. Pendant qu'Arsène Houssaye le contemplait, la carmélite qui, voilée des pieds à la tête, daignait le soutenir sur un escabeau, faisait sans doute ses réflexions, qu'on a beau monter sur les marches d'un trône, on ne retrouve son cœur que sur les degrés de l'autel.

Après avoir examiné cette image, l'auteur des *Grandes Dames* formule ce beau jugement qui ne pouvait être rendu que par un artiste de sa trempe :

« Mademoiselle de La Vallière fut la poésie du dix-septième siècle : ce n'est pas une héroïne de roman, c'est la dixième muse. Les anciens n'en avaient que neuf : le sentiment moderne nous a donné la dixième. Nulle figure ne représente plus fidèlement la mélancolie amoureuse, les combats du cœur, les aspirations de l'âme, la passion couronnée d'idéal que cette romanesque La Vallière.

« Elle resta fille d'honneur en devenant maîtresse du roi. Il est impossible de lui trouver une sœur dans l'antiquité, non plus que dans les derniers siècles. C'est une figure nouvelle pour l'art, belle comme les plus belles nées de l'imagination des poètes ou tombées de la palette des peintres. Racine et Quinault, ses contemporains, le voyaient ainsi. Ils savaient qu'elle appartenait par sa figure et par sa passion à l'immortelle galerie où se confondent les créations de Dieu et celles des poètes.

« Les peintres et les sculpteurs du temps, Le Brun, Mignard, Girardon, Coysevox, l'ont peinte et sculptée, bien moins pour Louis XIV que pour eux-mêmes, comme si cette adorable vision, prédestinée à traverser les siècles, devait leur donner une part d'immortalité. Ils voulaient tous cueillir une palme à la Poésie de leur temps.

« Mais, ni les sculpteurs, ni les peintres, ni les poètes, n'ont compris le caractère de cette nouvelle Muse. Ils l'ont représentée en Diane chasseresse et en Madeleine repentie, en Hébé et en Aurore : il fallait peindre et sculpter en La Vallière, avec sa belle chevelure en cascade ombrageant à demi son œil rêveur, avec sa bouche si chaste et si voluptueuse à la fois, avec ce profil sévère adouci par les airs sympathiques, ce sein, un peu fuyant peut-être, mais d'un dessin irréprochable, ce cou mollement incliné qui rappelle les cygnes fuyant l'orage, cette main si éloquente pour ceux qui cherchent l'âme même dans la main ».

Ce portrait restera ressemblant, et ce n'est pas le remarquable, et tout récent ouvrage de MM. Jean Lemoine et André Lichtenberger, qui nous le gâtera.

*
* *

D'après ces deux auteurs, en 1661, au moment de la mort de Mazarin, les ambitieux qui ne soupçonnaient pas la précoce intelligence du roi, prétendaient la diriger.

Les ambitieuses rêvaient d'exploiter à leur profit l'inexpérience sentimentale du jeune homme.

Beaucoup de gens, disait finement Madame de La Fayette, espéraient quelque part aux affaires et beaucoup de dames, par des raisons à peu près semblables, espéraient beaucoup de part aux bonnes grâces du souverain seigneur.

Elles avaient vu qu'il avait passionnément aimé Mademoiselle de Mancini et qu'elle avait paru avoir sur lui le plus absolu pouvoir qu'une maîtresse ait jamais eu sur le cœur d'un amant.

Elles espéraient qu'ayant plus de charmes elles auraient pour le moins autant de crédit.

Autour de lui, Louis XIV, dont la Fronde avait de si bonne heure développé l'instinct de méfiance, devinait plus de vues égoïstes que de vœux désintéressés

Sa prudence, aussi bien que sa timidité, ses sentiments religieux, son affection pour la jeune reine Marie-Thérèse, retenaient son cœur prêt à s'enflammer.

Mais il devait suffire d'une étincelle de passion sincère pour y mettre le feu.

On raconte que d'abord le jeune roi s'engagea dans un manège de coquetterie avec sa belle-sœur, Madame, incapable de résister au besoin de plaire, et qui n'y songeait pas.

Nous avons précédemment parlé de ce caprice. On sait donc que pour donner le change aux fâcheux, il fut résolu que Louis feindrait d'honorer de ses attentions une des beautés secondaires de la cour.

On hésitait entre Mademoiselle de Pons, Mademoiselle de Chemerault et une autre jeune fille au service de Madame, « fort jolie, fort douce, fort naïve », dit Madame de La Fayette, et qui s'appelait Louise de La Vallière.

Elle était de fort petite noblesse et venait de faire ses débuts à la Cour, âgée de dix-sept ans à peine.

Des juges non prévenus ne l'admiraient guère, et ceux-ci n'étaient pas de l'avis d'Arsène Houssaye.

Ils lui trouvaient la taille médiocre, fort menue : « Elle ne marche pas, disaient-ils, de bon air à cause qu'elle boîte... »

Pourtant, selon Madame de Motteville, elle était aimable et sa beauté avait de grands agréments par l'éclat de la blancheur et l'incarnat de son teint, par le bleu de ses yeux qui avaient beaucoup de douceur et par la beauté de ses cheveux qui augmentait celle de son visage.

Mais sur les plus éclatantes et sur Henriette d'Angleterre elle-même, cette petite boîteuse n'eut presque pas de difficultés à l'emporter.

Il était question d'un mariage pour elle. Le roi lui parla.

Quelques instants suffirent au monarque pour se convaincre que, par hasard, un de ses courtisans lui avait dit vrai : voici que depuis un an et plus, cette petite fille romanesque nourrissait un amour timide, lointain et sans espoir, amour dont le roi de France était l'objet.

A cette candide tendresse, qu'il n'avait jamais rencontrée, le jeune homme répondit par le don passionné de son cœur.

La résistance ne fut pas longue. En quelques semaines, Louise de La Vallière était conquise et, comme dans les beaux romans qui faisaient les délices des

ruelles, le roi et la bergère s'aimèrent de toute la fer-
veur de leurs cœurs novices, en dehors de toute con-
vention mondaine, sans que la femme se souvînt que
son amant était roi, sans que lui-même soupçonnât
qu'il était des femmes plus belles ou de plus haut rang
que la jolie petite boîteuse aux cheveux blonds.

Ils gardaient beaucoup de mesure : il ne la voyait
pas chez Madame et dans la promenade du jour, mais
à la promenade du soir, il sortait de la calèche de Madame et allait se mettre près de celle de La Vallière
dont la portière était baissée. Et comme c'était pendant l'obscurité de la nuit, il lui parlait avec beaucoup de commodité.

Tous ces soins pris par un roi tout-puissant sont
véritablement touchants. L'amour produit de ces
transformations imprévues.

Tel fut le commencement de l'aventure amoureuse
de Louis XIV et de Mademoiselle de La Vallière, jolie
et tendre comme une idylle printanière.

Mais les idylles sont brèves dans la vie réelle. Elles
fleurissent difficilement dans les cours royales, plus
difficilement peut-être dans celle dont Madame de La
Fayette nous a conté l'histoire sentimentale, Loret,
les splendeurs officielles, le prince de Condé et son
fils, le duc d'Enghien, la chronique féconde en intrigues et en séductions.

*
* *

Quand le roi se déclara, le ciel sembla se mettre de
son parti.

Un jour qu'on se promenait dans le parc de Versailles, un orage éclate soudainement et disperse toute la Cour.

C'est à qui trouvera plus vite un abri sous les ramées, dans les grottes, au château même.

Deux personnes furent scandaleusement mouillées et virent de près les éclairs.

C'était Mlle de La Vallière qui boitait et Louis XIV, qui voulait boiter du même pas.

Arsène Houssaye s'est fait le conteur de ce roman, où il y avait deux héros, et bientôt un traître, comme dans tout roman bien composé.

Louis XIV, qui n'avait pas perdu des yeux Mademoiselle de La Vallière, s'approcha d'elle et lui offrit le bras. Mlle de La Vallière se laissa conduire. Le roi lui dit :

— Nous allons au château.

Mais presque au même instant, il prit un chemin qui s'éloignait de la demeure royale.

La pluie ne tombait plus guère, mais le vent venait par secousses secouer sur leurs fronts les ondées recueillies par les branches.

— Mon cœur attendait cet orage, dit le roi en pâlissant. Ne savez-vous donc pas que je vous aime, Madame ?

— Chut ! Je pourrais vous entendre, dit Mlle de La Vallière en rougissant.

Le roi, heureux de cette première attaque, voulut continuer la campagne : par un mouvement rapide du bras il fit tomber sur sa main la main de Mlle de La Vallière.

Mlle DE LUDE CHEZ Mme DE MONTESPAN

Le tonnerre les eût frappés tous les deux sans les émouvoir davantage.

Mlle de La Vallière retira sa main, mais le regard fut si suppliant qu'elle la lui rendit.

Comment ne pas obéir à Louis XIV, quand Louis XIV implore ?

Le roi osa confier à la jeune fille tous ses battements de cœur, tous ses rêves de roi et de berger, toutes ses pâleurs subites.

— Sire, dit tout à coup Mlle de La Vallière, nous nous sommes trompés de chemin !

— Non, dit le roi, je vais où je veux aller.

— Mais Votre Majesté ne voit donc pas que je suis toute mouillée ?

— Comptez les gouttes de pluie, dit Louis, je vous jure de vous donner autant de perles.

Cette belle équipée à travers l'orage dura plus d'une heure.

« Je ne suis surpris que d'une chose, disait plus tard Béringhem, c'est de ne pas avoir retrouvé les deux amoureux, transformés, l'un en Triton, l'autre en Naïade. »

Le duc de Saint-Aignan, qui savait par cœur le quatrième livre de l'Enéide, disait : « C'étaient Eneas et Didon. »

La pluie ayant cessé, toute la cour reparut.

C'en était fait : Jupiter était sorti du nuage.

Mlle de La Vallière alla cacher son amour dans les groupes rieurs.

Le lendemain, Louis XIV écrivit et choisit Béringhem pour ambassadeur.

X — 3

La première lettre fut romanesque ; la deuxième fut tendre, la troisième désespérée.

Mlle de la Vallière n'avait pas voulu recevoir la première, mais Béringhem la lui avait lue.

Elle cacha la seconde dans son sein. L'amoureuse du roi répondit à la troisième.

Elle passa toute une nuit à se demander ce qu'elle dirait.

Le lendemain, le poète Benserade, qui avait pour ainsi dire remplacé le fou du roi, et qui en cette qualité avait ses entrées partout, ce dont il abusait, surprit Mlle de La Vallière les cheveux épars, la gorge soulevée, les yeux pleins de larmes.

— Est-ce que vous allez jouer la tragédie, lui demanda-t-il ?

— Ah ! Monsieur de Benserade, je suis bien malheureuse : on est amoureux de moi, ce qui me ravit ; on m'écrit qu'on meurt d'amour et je ne sais comment répondre qu'il faut vivre en ne m'aimant pas.

— C'est pourtant d'une extrême simplicité, dit le poète.

— Pas si simple, puisque je cherche depuis hier. Répondez pour moi : vous aurez l'art de dire *non* comme si vous disiez *oui*.

Benserade s'imagina qu'il s'agissait d'une de ces coquetteries de femmes qui nous enchaînent en disant : Vous êtes libres.

Il fit séance tenante une réponse où il y avait de tout, excepté de la passion.

Mais quand Mlle de La Vallière fut seule, elle recopia la lettre et y mit, peut-être à son insu, ce que Benserade avait négligé d'y mettre.

Tout fut romanesque dans cette aventure. Le lendemain, le roi fit appeler Benserade et lui dit que, pensant donner une fête à une dame de la cour, il voulait l'avertir par des vers.

Et le roi passe ses idées au poëte, et le poëte parfile la rime, et le soir même, La Vallière, qui a écrit au roi la prose de Benserade, reçoit du roi les vers de Benserade.

Ce n'est pas tout, Mlle de La Vallière, qui voit passer Benserade sous ses fenêtres, lui fait signe de venir, d'un petit air mystérieux.

Voilà Benserade, qui avait eu des bonnes fortunes, convaincu qu'il a séduit Mlle de La Vallière.

Le roi ne lui avait pas dit que Mlle de La Vallière fût la personne pour qui il donnait cette fête.

La jolie fille d'honneur n'avait pas non plus dit à Benserade que l'amoureux à qui il lui fallait répondre fut Louis XIV.

Mlle de La Vallière vient lui ouvrir la porte avec ce charmant sourire qui « troublait les hommes et les Dieux. »

Il ne doute pas de son bonheur, il se jette à ses pieds, lui saisit la main et lui débite quelques lambeaux d'un sonnet ayant beaucoup servi.

Elle éclate de rire :

— Ce n'est pas cela, lui dit-elle, reprenez vos rimes et vos hémistiches : il s'agit d'une autre réponse, car on m'a encore écrit.

Benserade, confondu, a toutes les peines du monde à prendre la chose gaiement.

— Eh bien ! dit-il en prenant son parti, montrez-moi la lettre qu'on vous a écrite, et je vais y répondre.

Mlle de La Vallière lui montra les vers qu'il avait écrits le matin.

Benserade, en homme de cour, se garda bien de dire qu'ils étaient de lui.

Il se mit à écrire et répondit au roi pour Mlle de La Vallière, comme si Benserade n'existait pas.

Au début de cette intrigue amoureuse, le surintendant Fouquet, agissant sur la prière de la reine-mère, essaya de la faire avorter.

Fouquet croyait connaître les femmes parce qu'il connaissait beaucoup de femmes.

Il affirmait d'une façon dégagée que « toutes les femmes sont *la même.* »

Il affirmait aussi qu'il n'y a pas de ceinture qu'on ne puisse dénouer.

Il s'en vint cavalièrement un matin dire à Mlle de La Vallière qu'il savait bien le prix de sa vertu.

— Je ne comprends pas, murmura-t-elle ingénûment.

— Je veux dire que j'estime toutes les vertus des filles d'honneur à cinquante mille livres, mais j'estime la vôtre à cinquante mille écus.

Et, après un silence, car Mlle de La Vallière était trop indignée pour répondre, il lui dit :

— Je mets à vos pieds ces cinquante mille écus.

La jeune fille le regarda avec mépris, lui montra sa rougeur et lui défendit de jamais lever les yeux sur elle.

Fouquet ne conta pas l'histoire, mais Mlle de La Vallière la dit au roi qui ne pardonna jamais au surintendant.

Tout le monde sait qu'après un des procès les plus retentissants de l'histoire, Fouquet fut condamné à la prison perpétuelle, comme prévaricateur.

Il mourut dans la forteresse de Pignerol où il avait été conduit par une escorte commandée par d'Artagnan, dont Alexandre Dumas père a fait le héros du plus entraînant des romans modernes.

*
* *

Si une partie de la cour avait cru voir quelque chose de romanesque dans les sentiments de Mlle de La Vallière pour le roi, on était loin de penser du moins que ces sentiments fussent partagés.

Un jour, dans une de ces loteries que la munificence royale et la galanterie avaient mises à la mode, Louis XIV gagna des bracelets magnifiques.

La reine espérait que son époux se ferait un devoir de les lui offrir.

De son côté, Madame les attendait avec empressement, comme s'ils lui étaient dus.

Une autre devait les porter.

Le roi s'approche de la fille d'honneur qui s'était retirée dans un coin et les lui présente :

— Ils sont fort beaux, dit-elle en baissant les yeux et en faisant un mouvement pour les lui rendre.

— Et en trop belles mains, reprit son amant pour rentrer jamais dans les miennes.

La Vallière rougit, Madame pâlit et la reine montra une extrême inquiétude.

De ce moment, il ne fut pas difficile aux moins clairvoyants de deviner la faveur qui attendait celle que le roi honorait d'une pareille marque d'intérêt.

Cependant, les fêtes se succédaient. Ces plaisirs bruyants, ces divertissements, où la magnificence royale se déployait dans tout son luxe, étaient autant d'hommages indirects rendus à la jeune favorite.

Celle-ci en jouissait, confondue dans la foule, et on l'enviait, bien qu'elle n'eût pas l'orgueil de s'en prévaloir, même devant ses ennemis.

Sous prétexte de fêter les reines de France et d'Angleterre, il se fit, en 1662, un carrousel, vis-à-vis des Tuileries, dans une vaste enceinte qui a pris depuis le nom de Place du Carrousel.

L'épouse de Louis n'en était encore qu'aux soupçons, car tout son entourage lui fardait la vérité.

Elle ne fit entendre aucune plainte, et nous retrouverons plus tard dans la femme de Louis XV la même résignation.

Marie-Thérèse se contenta, dit-on, d'adresser ces mots à une de ses femmes, en montrant celle qui captivait le cœur de Louis XIV :

« Cette grande fille que voilà, c'est celle que le roi aime. Ah ! les cruels enfants ! »

La reine n'était pourtant pas sans une sorte d'estime pour celle qui était la cause de tous ses chagrins :

« Ce sont les romans espagnols, disait-elle un jour, qui ont gâté la naïveté de son cœur. »

Il était impossible que la jalousie des femmes de la cour, le dépit d'Henriette de France et les inquiétudes de Marie-Thérèse n'amenâssent pas à la fin un éclat, que Mlle de La Vallière semblait toujours redouter.

L'amour et la vertu se livraient dans le cœur de celle-ci un combat, dont l'issue ne pouvait être douteuse.

Pour triompher, il fallait fuir. C'est le parti qu'elle prit, non sans être vivement sollicitée par quelques personnes qui couvraient leurs conseils du voile de l'amitié.

La vie religieuse a toujours eu pour les cœurs tendres un charme particulier.

Il y a encore de l'amour dans cette existence ; souvent même l'amour divin n'est que l'illusion d'une imagination exaltée, s'abusant elle-même sur des sentiments qui n'ont rien de céleste.

Cette vie convenait à l'état de Mlle de La Vallière.

Cédant à ses scrupules et à des suggestions perfides, elle alla s'enfermer dans un couvent, à Chaillot.

A cette nouvelle le roi éclate ; il ne doute pas que le parti pris par sa maîtresse soit le résultat des manœuvres de ses ennemis : il veut voler sur le champ à Chaillot.

C'est en vain que la reine-mère cherche à le retenir :

— Vous n'êtes guère maître de vous-même, lui dit-elle.

— Si je ne le suis de moi, répondit-il, je le serai de ceux qui m'outragent.

Il part, arrive, demande La Vallière, la voit, et, peut-être dans son émotion, fait entendre ces paroles :

« Vous avez bien peu de soin de ceux qui vous aiment. »

Elle ne répond que par ses larmes. Quelques religieuses, présentes à cette scène, montrent de l'attendrissement.

Louis veut arracher sa maîtresse à sa retraite. Il ordonne : Mlle de La Vallière résiste d'abord, puis elle cède.

Le roi la ramène en triomphe et prie Madame, en la lui présentant, de considérer à l'avenir Mlle de La Vallière comme une personne qui lui était plus chère que la vie.

Quelques auteurs prétendent que, jusqu'à cette époque, la fille d'honneur aurait résisté, et que sa fuite aurait été le dernier effort de sa vertu mourante.

Admettons que son retour ait été le signal de sa défaite.

Ce qui est certain, c'est qu'elle montra bientôt les preuves de sa faiblesse.

Sa position devenait difficile : elle ne pouvait se

flatter, malgré le soin qu'elle mettait à cacher son état, d'échapper plus longtemps à l'active surveillance dont elle était l'objet.

Elle y réussit en partie.

Heureusement, son terme vint à minuit. Louis fut présent aux couches, aida les médecins et partagea les angoisses, en père et en amant.

Il reçut l'enfant dans ses bras et n'en fut que plus épris de la mère.

Le lendemain, comme midi sonnait, la reine allait passer pour entendre la messe.

Pour sauver les apparences, et pour ôter tout soupçon à Marie-Thérèse, on avait donné à Mlle de La Vallière un appartement par lequel il fallait que cette princesse passât pour se rendre à la chapelle royale.

La reine entre : elle voit l'appartement garni de tubéreuses, de fleurs d'oranger et d'autres odeurs mortelles pour les femmes en couches.

C'était un expédient terrible, mais dont la pauvre accouchée était à peine satisfaite.

On dit à la reine que Mlle de La Vallière avait été tourmentée toute la nuit par de violentes coliques.

La princesse s'approche du lit de la malade et lui parle avec bonté sur son état.

Le bruit se répand à la cour que La Vallière est accouchée.

La reine le détruit elle-même en affirmant ce qu'elle a vu.

Le lendemain, Mlle de La Vallière, aimant mieux

mourir que laisser soupçonner sa faute, se lève, s'habille et reçoit la reine à son passage.

Enfin, le roi prend une résolution énergique. Ne voyant plus que dans un aveu public le moyen de mettre sa maîtresse à l'abri des attaques de ses ennemis, il la fit sortir de chez Madame, lui donna le palais Biron qu'il meubla avec une richesse et une magnificence toutes royales.

Louis ne s'en tint pas là. Sa maîtresse eut le titre de duchesse et dut porter désormais la qualification de *Madame* de La Vallière ; il lui donna en outre la terre de Vaujour et la baronnie de Saint-Christophe, érigée en duché-pairie, en faveur de la mère et de l'enfant, une fille, qui fut légitimée.

Le préambule des *Lettres* qui furent accordées en cette occasion mérite d'être rapporté : elles sont dues à la plume de Pellisson :

« Les bienfaits que les rois exercent dans leurs États étant la marque extérieure du mérite de ceux qui les reçoivent, et le plus glorieux éloge des sujets qui en sont honorés, nous avons cru ne pouvoir mieux exprimer dans le public, l'estime toute particulière que nous faisons de la personne de notre très chère, bien-aimée et très féale Louise-Françoise de La Vallière, qu'en lui conférant les plus hauts titres d'honneur, qu'une affection très singulière, excitée dans notre cœur par une infinité de rares perfections, nous a inspirée depuis quelques années en sa faveur ; et, quoique sa modestie se soit souvent opposée au désir que nous avions de l'élever plus tôt dans un rang proportionné à notre estime et à ses qualités, néanmoins, l'affection que nous avons pour elle et la justice ne nous permettant pas de différer les témoignages de notre reconnaissance pour un mérite qui nous est connu, ni de refuser plus longtemps à la nature les effets de notre tendresse pour Marie-Anne, notre fille naturelle, en la personne de sa mère, nous lui avons fait acquérir de nos deniers la terre de Vaujour, située en Touraine, et la baronnie de Saint-Christophe, en Anjou, qui sont deux terres également considérables par le nombre de leur revenu et de leurs mouvances ; mais faisant réflexion qu'il manquerait quelque chose à notre grâce, si nous ne rehaussions les valeurs de ces terres par un titre qui satisfasse tout ensemble à l'estime qui provoque notre libéralité, et au mérite du sujet qui la reçoit ; mettant d'ailleurs en considération que notre chère et bien-aimée Louise-Françoise de La Vallière est issue d'une maison très noble et très ancienne, et dont les ancêtres ont donné, en différentes circonstances, des marques signalées de leur zèle au bien et avantage de l'Etat, et de leur valeur et expérience dans le commandement des armées, A CES CAUSES, etc., etc... »

Pellisson fait, dans ces *Lettres*, allusion à la modestie de Mlle de La Vallière.

A ce sujet, le marquis d'Argenson raconte une jolie anecdote :

Elle était si modeste et si peu ambitieuse qu'elle n'avait jamais dit au roi qu'elle eût un frère ; à plus forte raison, n'avait-elle jamais rien demandé pour lui.

Il était encore jeune et avait fait sa première campagne dans les cadets de la maison du roi.

Louis XIV, les passant en revue, s'aperçut que sa maîtresse souriait amicalement à un jeune homme qui, de son côté, l'avait saluée d'un air de connaissance.

Le soir même, le roi demanda d'un ton sévère et irrité quel était ce jeune homme.

Elle se troubla d'abord, puis enfin elle répondit que c'était son frère.

Le roi, s'en étant assuré, fit « *des grâces distinguées* » à ce jeune homme.

***

Quand Mme de La Vallière fut créée duchesse, l'effet produit fut considérable. Il y avait tant de jalousies féminines à la cour !

D'aucuns prétendaient que c'était un puissant encouragement à l'oubli des devoirs.

Le roi voulut encore que sa maîtresse fut reçue chez la reine.

Il chargea Mme de Montausier de faire connaître son intention à ce sujet.

Le cœur de la reine saigna ; sa douleur profonde lui ramena un moment son époux qui promit de marier la nouvelle duchesse, mais celle-ci ayant donné au roi, le 3 octobre 1667, un fils, Louis de Bourbon, comte de Vermandois, qu'on légitima deux ans plus tard, Louis oublia ses promesses.

Lorsque la duchesse sentit les premières douleurs, elle était seule avec son amant.

Bussy nous conte la scène qui fut à la fois poignante et comique :

« La pauvre créature fut prise de ce mal, qui fait tant crier, et en fut prise avec tant de violence et des convulsions si terribles que jamais homme ne fut si embarrassé que notre monarque.

« Il appela du monde par les fenêtres, tout effrayé, et cria qu'on allât dire à Mmes de Montausier et de Choisy qu'elles vinssent au plus tôt, et une fille de La Vallière alla chercher une sage-femme ordinaire.

« Tout le monde vint trop tard. Les dames, arrivant, trouvèrent le roi suant comme un bœuf d'avoir soutenu La Vallière dans les douleurs, qui avaient été assez cruelles pour lui faire déchirer un col de mille écus, en se pendant au cou du roi... »

On prétend que Louis XIV avait commencé son intrigue amoureuse en parcourant la nuit les toits de son palais.

En finissant par remplir l'office d'une sage-femme, il offre un tableau qui contraste d'une manière assez burlesque avec la dignité royale, telle surtout qu'on se la représente dans un prince de son caractère.

*
* *

Ce qui eût fait le bonheur d'une autre désespérait la favorite de Louis XIV.

La publicité de ses amours avec le roi était un tourment pour ce cœur faible, mais naturellement droit.

« Elle était honteuse d'être maîtresse, d'être mère,

d'être duchesse », dit Mme de Sévigné, et il n'y en aura jamais sur ce moule.

Bien différente des favorites ordinaires, elle n'abusa en aucune occasion de son autorité ni de son crédit.

Ses intrigues se bornaient à solliciter vivement pour des personnes qui avaient déplu à Louis à cause d'elle et de la faveur dont elle jouissait.

Elle n'était jalouse que de faire du bien à tous ceux qui avaient besoin d'être secourus par elle, même sans distinguer ses parents, on l'a vu dans l'anecdote relative à son frère, le cadet du roi.

Vertueuse, si l'on peut s'exprimer ainsi, au milieu de ses égarements, chaque faute lui coûtait presque autant que la première.

Les préférences que le roi lui donnait sur la reine révoltaient sa raison.

Sous ce rapport, elle était tentée de se plaindre d'être trop aimée, tandis qu'elle croyait si habituellement ne pas aimer assez.

*
* *

Les amours de Louis XIV et de Mme de La Vallière donnèrent un lustre nouveau au splendide château de Chambord qui, après avoir connu les brillantes fêtes données par François Ier n'avait plus abrité que la cour triste et ennuyeuse de Louis XIII.

C'est dans cette superbe retraite que Louis XIV avait adressé ses hommages à la piquante Mancini ;

c'est là qu'il offrit son encens à la toute gracieuse La Vallière.

Un jour qu'il se trouvait, avec sa Louise adorée, devant la vitre où François Ier avait écrit les deux vers fameux sur l'inconstance des femmes :

> Souvent femme varie,
> Bien fol est qui s'y fie !...

Louis XIV, dans l'enivrement d'un amour heureux, jugea le distique impertinent.

Voulant prouver à sa maîtresse qu'il avait une opinion meilleure de ses sentiments, il brisa lui-même la vitre qui lui paraissait si peu galante.

Si la maîtresse bien-aimée de ce prince avait prévu le sort qui lui était réservé, si elle avait pu voir dans l'avenir la cellule de religieuse où elle devait pleurer l'inconstance de son amant, au lieu de favoriser par un sourire la destruction d'un précieux souvenir historique, elle se serait empressée de retenir la main de Louis, et d'effacer seulement un mot du distique mensonger, pour y substituer cette variante, peut-être encore plus près de la réalité :

> Souvent le roi varie :
> Bien fol est qui s'y fie !

Mais, à ce moment, la sensible Louise était réellement aimée du roi.

Elle était heureuse des fêtes de toute sorte que le jeune monarque donnait à son intention, et son âme n'était pas encore affligée par la vue de l'altière rivale qui devait la supplanter.

Pellisson qui assista à quelques-unes des fêtes que Louis XIV donna à Chambord pour le plaisir de Mme de La Vallière, exprime son admiration en ces termes :

« Si les anciens arbres, dit-il, n'avaient été équitablement condamnés à un éternel silence ; si l'obscurité de leurs oracles et l'indiscrétion avec laquelle ils trahissaient les secrets des amants, n'avaient obligé les Dieux à les réduire à servir seulement pour l'ombrage et la fraîcheur, il y a, sans doute, beaucoup d'apparence que ceux de Chambord parleraient plus clairement que de coutume, et qu'ils décideraient en faveur de ce qu'ils voient aujourd'hui, quoi qu'ils aient eu l'honneur d'aider aux plaisirs de François Ier, dont la grandeur et la magnificence n'ont pu être surpassés que depuis quelques années. »

Si la phrase est élogieuse pour Louis XIV, elle sera peut-être indigeste pour le lecteur.

Et tout cela pour dire : « Si les bosquets parlaient ! » Et la mousse, donc ?

C'est à Chambord que Molière fit jouer, pour la première fois, son *Bourgeois gentilhomme*, dans une salle que Louis XIV avait fait construire par Mansard, expressément pour cette représentation.

On rapporte à ce sujet une anecdote qui fait bien connaître l'esprit servile des courtisans.

Soit que le roi n'eût point d'abord apprécié le chef-d'œuvre de Molière, soit qu'il eût voulu suspendre son jugement jusqu'à ce qu'il fût plus à même

Mlle D. Lavallière et Louis XIV surpris par l'orage
P Mary L. C...

de comprendre les caractères et le comique de la pièce, il ne donna à la première représentation aucun signe d'approbation en faveur de l'ouvrage.

Aussitôt, tout le monde de dire que la pièce était mauvaise et que le talent du poète, jadis si resplendissant, commençait à décroître.

L'auteur de la comédie fut pendant cinq jours dans les tortures les plus grandes, n'entendant de toutes parts que des allusions fâcheuses et des paroles désagréables.

A la seconde représentation, le roi, interrompant le silence qu'il avait gardé jusqu'alors au sujet de la pièce, donna des marques de la plus vive approbation et voulut même féliciter hautement le poète du plaisir que son œuvre lui avait causé. Il y eut partout changement de front.

Les courtisans, revenant de leur première opinion, applaudirent à outrance. Ils donnèrent à l'envi les plus grands éloges à la pièce et coururent bien vite dans la chambre de Molière pour lui témoigner leur admiration.

Ainsi se font les succès à la Cour. Ils dépendent d'un cas forfuit, du caprice du monarque, qui est l'arbitre souverain des jugements et des opinions.

*
* *

Nous avons laissé Mme de La Vallière au moment où elle devient mère pour la seconde fois.

La naissance du comte de Vermandois devait lui être fatale.

X — 4

Par suite de ses secondes couches, elle perdit le peu de charmes extérieurs qui pouvaient encore retenir son amant.

Sa figure se couvrit d'une grande pâleur ; ses yeux, si brillants et si doux, perdirent leur éclat et elle devint d'une maigreur extrême.

Bussy assure qu'elle demeura presque perclue d'un côté.

C'est pendant cet état de la duchesse que la marquise de Montespan, dont nous retraçons plus loin la carrière galante, réussit à attirer sur elle l'attention du roi.

La lutte entre les deux femmes était inégale.

Un auteur déclare que Mme de La Vallière ne pouvait faire une plus rude pénitence que de rester avec la Montespan.

Dès qu'elle sentit que sa faveur grandissait, celle-ci traitait la pauvre duchesse insolemment, cruellement, et se moquait d'elle en public, et en toute occasion.

Elle fit plus : sa jalouse rage ne fut pas satisfaite qu'elle n'eût excité le roi à avoir pour La Vallière les façons les plus désobligeantes et même les plus dures.

Il fallait que le roi passât par l'appartement de la duchesse de La Vallière pour aller dans celui de la Montespan. Il avait un petit chien épagneul que l'on nommait *Malice*.

Le roi, à la prière de la Montespan, prit un jour ce chien et le jeta à la duchesse de La Vallière, en lui disant :

« Tenez, Madame, voilà votre compagnie, c'est assez ! »

Cela était bien cruel, d'autant plus qu'en parlant ainsi, il ne faisait que passer, n'ajoutait pas le moindre correctif et s'en allait trouver Mme de Montespan.

C'est la princesse de Bavière qui attribue cette grossièreté, — il n'y a pas d'autre nom — à Louis XIV.

L'attitude du roi à l'égard du second enfant de la duchesse de La Vallière était froide ou indifférente.

Ces impressions défavorables étaient encore l'ouvrage de Mme de Montespan qui avait persuadé au roi que cet enfant n'était pas de lui, mais de Lauzun !

Ces perfides insinuations éloignaient Louis de La Vallière.

L'infortunée duchesse dévorait ses chagrins sans se plaindre.

Elle les regardait comme une juste punition de ses fautes, se persuadant qu'il plaisait à Dieu que la pénitence vînt du même côté que le péché.

Son cœur était déchiré, le supplice fut long.

Depuis 1669 que Mme de Montespan devint maîtresse du roi jusqu'en avril 1674, elle eut le courage de vivre avec elle.

Assurément, elle fut plus grande et plus digne d'admiration pendant ces cinq années que lorsqu'elle alla s'ensevelir aux Carmélites pour expier une faute dont elle avait été trop punie par les infidélités du roi et le triomphe de sa rivale.

*
* *

Dieu seul pouvait remplacer l'amant dans le cœur exalté de La Vallière.

Lauzun, s'il faut en croire les *Mémoires de Madame de Maintenon*, avait voulu l'épouser : elle avait refusé avec indignation.

Le duc de Longueville en devint amoureux : elle lui défendit d'espérer.

En 1671, peut-être moins pour se soustraire aux dégoûts et aux humiliations dont l'abreuvait sa superbe rivale, que pour céder au cri de sa conscience, elle se retira pour la seconde fois au couvent de Sainte-Marie de Chaillot,

Le maréchal de Bellefond vint l'y chercher de la part du roi, pris soudain de quelques remords : elle n'écouta pas l'ambassadeur.

« Louis pleura fort, dit Mme de Sévigné, et envoya Colbert à Chaillot la prier instamment de venir à Versailles et afin qu'il pût lui parler encore. »

— Autrefois, dit-elle, il venait me chercher lui-même !

Puis, se retournant vers une des religieuses :

— Adieu, ma sœur, lui dit-elle, vous me reverrez bientôt.

Et elle se laissa entraîner.

Le roi eut avec elle un vif entretien, dans lequel il la supplia de remettre à un autre temps l'exécution de son projet.

Elle se rendit à ses instances, après une assez longue résistance, et parut reprendre toute son ancienne faveur, au grand dépit de Mme de Montespan qui était allée au devant d'elle à son retour de Chaillot et l'avait accueillie les larmes aux yeux.

Il faut tout le désintéressement, toute la naïveté de La Vallière pour ne pas soupçonner en cette occasion une conduite qui, chez la plus habile coquette, eût été le comble de l'art.

Plus de deux années s'écoulèrent pendant lesquelles Louis parut s'attacher sans réserve à Mme de Montespan.

Ce tableau continuel des amours du roi était au-dessus des forces de la favorite disgraciée.

A la suite d'une maladie, elle se décida irrévocablement et s'en ouvrit à Mme Scarron qui n'était pas encore Mme de Maintenon.

— Comment, lui dit celle-ci, soutiendrez-vous la vie de carmélite, vous, habituée dès l'enfance à la mollesse et aux plaisirs ?

—Ah ! Madame, lui répondit-elle, en montrant le roi et Madame de Montespan, quand j'y trouverai des peines, je n'aurai qu'à me rappeler celles que ces deux personnes m'ont fait souffrir.

Rien ne put la détourner de son projet qu'elle exécuta en 1674 en se retirant aux Carmélites.

« Ma mère, dit-elle en entrant à la mère Claire du Saint-Sacrement, qui était alors prieure, jusqu'à ce jour j'ai fait un si mauvais usage de ma volonté que je viens la remettre entre vos mains. »

Elle fit profession le 3 juin de l'année suivante.

La Cour assista à cette cérémonie. La reine donna
elle-même le voile noir à La Vallière et l'éloquence de
Bossuet vint ajouter un nouvel éclat au sacrifice que
Louis XIV laissa consommer avec la plus froide indifférence.

« J'étais si touchée, dit la princesse de Bavière, de
voir prendre une telle résolution à une si charmante
personne, qu'au moment où on la mit sous le drap
mortuaire, mes pleurs coulèrent avec tant d'abon-
dance, ma douleur fut si violente que je fus obligée de
me cacher. La cérémonie étant finie, La Vallière vint
me trouver pour me consoler, et me dit que je devais
me réjouir avec elle, plutôt que de pleurer, qu'elle
commençait dès lors à être heureuse... Peu de jours
après, j'allai la voir ; j'étais curieuse de pénétrer les
motifs qui l'avaient déterminée à être si longtemps
comme la suivante de Mme de Montespan. Elle me
dit que Dieu ayant touché son cœur, lui ayant fait
connaître ses péchés, elle avait pensé qu'elle devait
en faire une grande pénitence, et souffrir, par consé-
quent, ce qu'il y avait de plus douloureux pour elle,
ce qui était la perte du cœur du roi, et de se voir méprisée de lui ; que pendant les trois années après son
amour perdu, elle avait offert toutes ses peines à
Dieu, pour expier, s'il était possible, ses péchés
commis : que, comme son scandale avait été
public, il fallait que sa pénitence le fût aussi : qu'on
disait d'elle, dans le temps de ses tourments volon-
taires, qu'elle était une sotte qui ne voyait rien ;
qu'elle le savait très bien et l'avait fait à dessein...

On voyait que c'était bien du fond de l'âme qu'elle parlait. »

*
* *

Mme de La Vallière n'avait pas trente ans quand elle entra aux Carmélites.

L'*Humble violette*, comme dit Arsène Houssaye, ne se sentit jamais assez étouffée dans l'herbe.

Elle cherchait ardemment toutes les humiliations ; elle avait espéré que les pénitences de la règle lui seraient plus dures.

Elle avait voulu qu'on lui accordât la grâce de faire profession comme sœur converse.

La supérieure, qui lui dit la mieux connaître qu'elle même, ne voulut pas de ce sacrifice.

Mais elle ne put empêcher sœur Louise d'aider les sœurs converses dans le travail le plus rude, au jardin, à la lingerie, à la cuisine.

C'était pour elle une joie singulière que de gâter ses mains blanches, ses mains exquises qu'avaient si souvent baisées Louis XIV.

Tout Versailles voulait la voir. « Si le roi venait, disait-elle quelquefois dans les premiers jours de sa retraite, je me cacherais si bien dans la prière qu'il lui serait impossible de me trouver. »

Elle ne fut pas réduite à se cacher, car le roi n'alla jamais la voir.

Le marquis de La Vallière, qui aimait tendrement sa sœur, disait qu'il donnerait tout au monde pour l'embrasser une dernière fois, comme s'il eût pressenti qu'elle allait mourir.

La reine voulut elle-même le conduire le lendemain aux Carmélites.

» Je vous donnerai la main, dit-elle, ce qui autorisera votre entrée. »

Mais le lendemain, sœur Louise de la Miséricorde fut avertie à temps.

Elle accourut à la porte de la clôture et rappela à la reine avec beaucoup de respect, mais avec beaucoup de force, que Sa Majesté elle-même ne pouvait pénétrer aux bras d'un homme dans l'intérieur des Carmélites.

— Mais votre frère, dit la reine !

Mon frère sait combien je l'ai aimé. Je ne suis plus de ce monde !...

Le marquis de La Vallière mourut sans revoir sa sœur.

Peu de jours après, la Palatine, — c'était la duchesse d'Orléans qui était devenue l'amie de la Carmélite, — conduisit au couvent le jeune comte de Vermandois, qui n'avait pas huit ans, et qui parlait toujours de sa mère.

A la clôture, la duchesse d'Orléans prit l'enfant dans ses bras pour entrer avec lui, mais une sœur converse vint avertir la Palatine que sœur Louise de la Miséricorde ne voulait pas revoir son fils.

Elle était là, agenouillée, toute en Dieu, qui écoutait les prières de la duchesse et les pleurs de son fils ; mais ni les pleurs, ni les prières ne purent vaincre

cet héroïque détachement, ce fanatisme de la pénitence.

La duchesse de La Vallière ne voulait même pas
voir sa fille, mais le roi se fâcha tout haut, et comme
sa volonté s'imposait partout, même au fond des cou-
vents, elle subit l'obligation de voir ses enfants.

Cette obligation ne lui pesa pas longtemps pour le
comte de Vermandois.

Quand la supérieure vint lui annoncer la mort de
cet enfant, elle ne savait comment l'aborder.

Elle la rencontra qui sortait du chœur et lui dit de
l'air le plus triste :

— J'ai des nouvelles !

— J'entends bien, murmura sœur Louise.

Elle savait son fils malade : elle avait compris.

Elle n'ajouta pas un mot et retourna dans le chœur,
où elle resta une heure sans verser une larme.

Quand la Mère de Bellefond vit cette sérénité an-
gélique, elle lui dit que Dieu permettait les pleurs,
même pour les choses de la terre ; mais la religieuse
lui répondit qu'elle ne pleurait pas, parce que sa douleur était plus grande ainsi.

La duchesse de La Vallière passa trente-six ans
aux Carmélites dans l'exercice de la plus austère pénitence.

On la trouvait souvent à l'écart, prosternée contre
terre, le visage baigné de larmes.

Elle se levait tous les jours deux heures avant la
communauté et passait ce temps en prières.

Les plus rudes hivers n'apportèrent aucun changement à ses pénibles habitudes, et plusieurs fois, la rigueur du froid lui ravit, dans ces rudes pratiques, l'usage des sens.

Un érésipèle, dont elle fut atteinte à la jambe et qu'elle négligea, fit des progrès rapides.

Le mal devint tellement grave qu'on s'en aperçut et qu'on l'envoya à l'infirmerie.

Aux reproches qu'on lui adressa à ce propos, elle répondit qu'elle ne savait ce que c'était et qu'elle n'avait pas regardé.

Il serait trop long et trop triste de détailler ici les souffrances qu'elle s'imposa et qui ont rendu son repentir célèbre.

La veille même de sa mort, elle se leva à trois heures du matin pour se prosterner, comme à l'ordinaire, au pied de l'autel.

Il fallut la reporter dans son lit où, après avoir reçu les secours de la religion, elle expira. C'était le 6 juin 1710 : elle avait soixante-cinq ans.

Le lendemain, on exposa son corps auprès de la grande grille du chœur, selon l'usage.

Dans un émouvant chapitre sur la *Mort de Madame de La Vallière*, Arsène Houssaye raconte que tout Paris vint pour saluer cette illustre victime de la pénitence.

Du matin jusqu'au soir, les quatre religieuses qui la gardaient n'eurent pas le temps de prier, occupées qu'elles furent sans relâche à recevoir et à rendre les reliquaires, médailles, livres, images, qu'on leur donnait pour toucher ce corps, qu'on regardait comme celui d'une victime qui s'était volontairement immolée à la justice divine.

Quand on descendit la dépouille de sœur Louise de la Miséricorde sous ces froides dalles où elle avait usé ses genoux, il s'éleva dans toute l'église un hymne à sa louange.

La multitude vit en elle une sainte.

Déjà, l'ambassadeur de Venise, touché des incroyables austérités de cette pénitence, avait juré à la Cour qu'à son voyage à Rome, il obtiendrait du pape que la maîtresse de Louis XIV fût canonisée.

Le Vatican s'intéressa-t-il à la pauvre martyre ? L'histoire est muette sur ce point.

III

LA MAITRESSE ALTIÈRE

La marquise de Montespan.

Avec Madame de La Vallière, la poésie de l'amour était allée s'ensevelir dans le cloître.

D'autres maîtresses viendront, mais elles aimeront le roi pour sa toute puissance et non pas pour lui-même.

Jusqu'ici, nous avons entrevu plusieurs fois la figure hautaine de Madame de Montespan.

C'est une grande coquette, belle et froide comme une statue grecque.

Au Musée de Versailles, où la duchesse de La Vallière n'a qu'une froide copie, Mme de Montespan a un portrait original : on l'attribue à Mignard.

Elle est adorablement belle, dans sa robe rouge, toute noyée de perles et de dentelles, avec ses blonds cheveux qui lui caressent l'épaule.

Quoique blonde, elle aimait les tons vifs et heurtés ; ce n'était pas assez pour elle d'avoir une robe rouge, il lui fallait encore une plume rouge sur la tête.

Ce portrait la représente jeune, mais l'esprit va se lever avec cette aurore.

Le rayon transperce déjà cette superbe brume matinale qui est le duvet de la jeunesse.

Dans la galerie des portraits on la trouve, mais plus moqueuse.

Cette bouche-là va parler, le trait va partir, le mot rit déjà sur la lèvre.

Mme de Montespan, qui est tout esprit, ne se fait jamais peindre ni en Diane, ni en Junon, ni en Daphné.

Le sentiment poétique n'a pas hanté son âme ; elle rit tout haut du carnaval mythologique ; elle trouve que c'est assez d'être la fière, belle et charmante marquise de Montespan, sans être encore une divinité olympienne.

Voilà comment parle Arsène Houssaye devant le tableau de l'impérieuse maîtresse de Louis XIV. Un mousquetaire, qui aurait des lettres, ne dirait pas mieux.

Dans un livre récent, que nous avons déjà cité, MM. Jean Lemoine et André Lichtenberger débutent ainsi :

« Comment des bras de Louise de La Vallière Louis XIV passa dans ceux de Françoise de Rochechouart, marquise de Montespan, n'est pas seulement un fait divers d'histoire amoureuse. Le changement d'une maîtresse royale s'explique à la fois par des raisons sentimentales et par des causes historiques. »

Certes, cette réflexion qui domine la préface peut se discuter. Elle trahit des auteurs qui ne sauraient se contenter du rôle de romanciers, rôle secondaire quand un Balzac ne tient pas la plume.

Si Louis XIV n'était pas beau, bien que tous les courtisans l'aient considéré comme tel, il était un robuste gars, si l'expression n'est pas trop irrespectueuse pour le Roi-Soleil.

Il était encore en pleine jeunesse, il comprenait la royauté sans partage et, le cœur plein de désirs amoureux, il ne demandait qu'à les satisfaire.

Ce n'était pas pour plaire à Mazarin qu'il avait fait la cour à cette légion de petites Mancini qui étaient venues d'Italie pour le contempler avec leurs beaux yeux de velours.

Il avait bien filé le parfait amour avec l'adorable La Vallière, mais il se plaisait tant et si bien dans la la chambre à coucher de la jeune duchesse qu'il y usurpa la place d'une sage-femme.

Louis XIV avait besoin, selon l'expression de Victor Hugo, dans *Hernani*, de deux beaux bras pour collier.

Nous estimons donc qu'en adressant ses hommages à Françoise de Rochechouart, marquise de Montespan, il ne songeait qu'à avoir quelques belles nuits sur la planche, avec l'espoir de mordiller un fruit défendu, car il y avait un mari à l'horizon.

C'est à la recherche des voluptés que courait le roi et il est évident que lorsqu'il avait trouvé son compte, la belle pécheresse qui avait exaucé ses vœux et réchauffé sa lèvre devenait une bien grande dame, mêlée aux intrigues et aux splendeurs de la Cour, quand même elle n'eut pas été marquise.

Or, Mme de Montespan n'était pas seulement marquise, elle n'était pas seulement une beauté, c'était la beauté.

Elle avait un profil fier et noble, un front de marbre, de blonds cheveux jaillissant en gerbes rebelles aux morsures du peigne, des yeux ardents, toujours allumés par l'esprit ou la passion, un nez franco-grec aux narines mobiles comme des ailes d'oiseaux, une bouche rieuse, toujours ouverte pour railler, montrant à demi des dents éblouissantes comme des perles, un cou divinement attaché à des épaules d'un dessin ferme et d'un ton vivant. Elle avait enfin le sein fort beau et fort orgueilleux.

Tous les portraits qui restent d'elle confirment celui-là.

Elle avait une de ces beautés que notre jargon qualifie de *sensationnelles*, qui s'imposent du premier coup et rayonnent.

Un esprit étincelant, l'esprit des Mortemart,

passé en proverbe, la rendait encore plus conquérante.

Le 28 janvier 1663, elle épousa le marquis de Montespan.

Au contrat de mariage, outre les époux et leurs ascendants directs, signèrent les plus hauts personnages qui faisaient partie de leur famille ou de leurs amis.

Ce document est assez curieux pour être reproduit ici et, comme on dit au carnet mondain du *Figaro* ou du *Gaulois*, assistaient au mariage :

Monseigneur l'illustrissime et révérendissime Louis-Henri de Gondrin, archevêque de Sens, primat des Gaules, conseiller du roi en ses conseils ;

L'illustre demoiselle Octavie de Gondrin, fille majeure usante et jouissante de ses droits ;

Messire Louis-Victor de Rochechouart, chevalier, comte de Vivonne, conseiller du roi, maître de camp du régiment de Sa Majesté et Antoinette-Louise de Mesmes, son épouse ;

Claude-Léonor de Damas, chevalier, marquis de Thianges et Gabrielle de Rochechouart, son épouse ;

Anne Doux d'Attichy, épouse de Louis de Rochechouart, grand sénéchal de Guyenne ;

Claude-Léonor de Rochechouart, chevalier, comte de Tonnay-Charente ;

Hilaire de Laval, chevalier, comte de la Bigotière ;

François de Rochechouart, chevalier de Malte, abbé de Saint-Saturne ;

Jean-Léonor de Rochechouart, chevalier, marquis de Montpipeau et autres lieux ;

François de Laubespine, marquis de Châteauneuf et de Ruffec, lieutenant général des armées de Sa Majesté, premier colonel des troupes françaises des Pays-Bas ;

Léonore de Valvire, marquise de Ruffec ;

Roger de Plesseys, seigneur de Liancourt, duc de la Rocheguyon, pair de France, et Jeanne de Schomberg, son épouse ;

François, duc de Larochefoucault, pair de France ;

François de Larochefoucault, prince de Marolles ;

Louis Brûlant, chevalier, marquis de Lillery.

Et tout cela pour sacrer marquise la future maîtresse du roi !

*
* *

Ce serait être souverainement injuste de ne pas reconnaître, avec tous les historiens de l'époque, que Madame de Montespan aimait son mari avant d'aimer le roi.

Bien qu'elle eût appartenu aux filles d'honneur qui avaient presque toutes l'ambition de cueillir au passage une œillade royale, elle n'avait pas rêvé d'autre bonheur que le bonheur conjugal.

Entre les mains d'un autre homme, elle aurait pu rester honnête femme, et il est bien entendu que nous ne parlons ici que de l'aveuglement de son mari, et non pas de sa complicité.

Le roi n'en était pas moins le point de mire de

A VITRE BRIZÉE

toutes les ambitions féminines, mais l'amour de ce roi fit peur à la jeune mariée; elle eût le vertige et montra l'abîme à M. de Montespan.

« C'est trop vivre à la Cour, lui dit-elle, allons vivre dans notre château ! »

Le mari n'attacha aucune importance à ce conseil: il avait sans doute trop d'orgueil pour comprendre.

Quelques jours après, la jeune femme toute rougissante et toute émue, se cache le front dans le cœur de son mari pour lui dire qu'il est encore temps de partir.

— Expliquez-vous, Madame.

— Que je m'explique ! Sachez donc que cette fête dont tout le monde parle, le roi la donne pour moi.

Le marquis domina sa jalousie.

— Eh bien ! n'êtes-vous donc pas assez belle pour qu'on vous donne des fêtes ? ou plutôt êtes-vous assez folle pour vous figurer que cette fête est en votre honneur ?

— Puisqu'il faut vous le dire, le roi est amoureux de moi !

— Eh bien ! l'amour du roi n'est pas une injure : vous savez votre devoir.

— Oui, je sais mon devoir, mais j'ai peur.

Le marquis de Montespan, qui jouait un peu les capitaines Fracasse, dit qu'il n'avait pas peur et que si sa femme n'était pas digne de son nom et du sien, il mettrait le roi à la raison.

Madame de Montespan fut d'abord très recherchée par la reine qui, tous les soirs, l'appelait chez elle, ravie de son esprit, afin de prendre en patience les conversations du roi avec Mlle de La Vallière.

Mme de Montespan fut, comme la reine, mais sans le savoir, jalouse de la maîtresse du roi.

Ce fut par la jalousie que commença son amour.

Quand le roi rentrait une heure plus tard, elle avait, elle aussi, ses impatiences et ses colères.

Louis XIV, qui n'était jamais pressé de se coucher, car c'était l'heure de la reine, se jetait en rentrant sur un fauteuil et, pour perdre ou gagner du temps, il priait madame de Montespan de lui conter une de ses histoires qu'elle narrait si bien.

Cependant, il arriva qu'un soir Marie-Thérèse attendit le roi plus que de coutume, et Mme de Montespan n'était plus là.

Elle avait voulu rester auprès de la reine, et la reine l'avait congédiée.

Elle avait demandé à son mari de quitter la cour, et son mari n'avait pas voulu.

On voit qu'il était dans sa destinée de devenir la maîtresse du roi.

Le lendemain, ce fut un grand éclat. La cour partant pour Versailles, Mme de Montespan dit à son mari qu'elle s'y rendait dans le carrosse de la reine.

« Vous voulez dire dans le carrosse du roi, Madame, dit le mari. Je vous défends de partir. »

Cette fois, Mme de Montespan releva la tête et dit qu'il était trop tard pour vivre en son Château.

Il y eut une scène terrible : le mari frappa sa

femme, disant qu'il gardait pour le roi la moitié de sa colère.

Mme de Montespan ne partit pas dans le carrosse de la reine, mais, toute épouvantée, elle courut à Versailles supplier le roi de se mettre en garde.

Le roi lui dit qu'il ne se mettrait en garde que pour la protéger, comme s'il était lui-même invulnérable dans sa majesté.

Tout Versailles prit naturellement la cause de la femme battue.

La reine ne cachait pas son indignation.

Le lendemain, on ne songeait peut-être plus guère au mari, quand un homme tout vêtu de noir, comme dans les légendes, se présenta fièrement à la porte du palais de Versailles.

Comme il avait ses grandes entrées, on le laissa passer. Il arriva sans obstacle jusque dans le salon des Glaces, où il trouva un grand nombre de courtisans, qui attendaient le roi au sortir du conseil.

Tous le connaissaient, tous vinrent à lui, très surpris de le voir en deuil.

On eût beau l'interroger, il demeura silencieux, mais, le roi passant bientôt, il se jeta sur la haie :

— Pourquoi ce grand deuil, demanda le roi surpris ?

— Sire, je porte le deuil de ma femme.

Le roi ne voulut pas comprendre, mais tout le monde comprit.

— Le deuil de votre femme !

— Oui, Sire, je ne la verrai plus.

Et il s'en alla sans ajouter un mot. Il revint à Paris dans une voiture de deuil disant partout que sa femme était morte.

Le lendemain, il reçut l'ordre de ne plus paraître à la cour.

Quelques jours après, il reçut celui de se retirer en province.

* *

L'intimité du roi et de Mme de Montespan n'était plus un mystère pour personne, bien qu'elle ne fût pas déclarée.

Les moins clairvoyants même n'en pouvaient douter.

L'appartement de la marquise était peu éloigné de celui du roi, et souvent, il arrivait que sur un signe de Louis, elle se dérobait au cercle de la Reine.

Ce n'est pas que Mme de Montespan n'eût résisté quelque temps : une chute trop prompte n'entrait pas dans son plan ; mais enfin, elle avait cédé, parce que ce plan défendait également les rigueurs éternelles.

Les suites de ses amours étaient faciles à prévoir. Elle accoucha dans une maison écartée, avec toutes les précautions nécessaires pour cacher la vérité au public.

Le célèbre accoucheur Clément avait été appelé et amené les yeux bandés.

Le roi assistait à l'opération et, quand elle fût terminée, Clément, feignant de ne pas le reconnaître, lui demanda brusquement à boire et Louis XIV s'empressa de le satisfaire, heureux d'être pris pour un père quelconque.

L'enfant fut confié aux soins de la veuve Scarron qui devait régner à son tour, après une lutte mémorable.

Une année plus tard, Mme de Montespan donna encore le jour à un prince qui fut le duc du Maine.

Chacune de ses épreuves ayant paru donner une nouvelle force à l'attachement du roi, elle prit le parti d'accoucher, sinon tous les ans, du moins le plus souvent possible.

Ce projet, elle l'exécuta avec une merveilleuse ponctualité. En moins de douze ans, elle donna huit enfants à son illustre amant.

La reine, qui dépassait les bornes de la candeur, avait enfin ouvert les yeux et, par les hauteurs de l'impudente maîtresse, elle se voyait réduite à regretter la douce et timide La Vallière.

Celle-ci, nous l'avons dit, ne souffrait pas moins de l'insolent triomphe d'une rivale plus brillante peut-être, mais non plus aimante.

Louis ne gardait plus de mesure et la cour se tenait chez la nouvelle favorite.

La marquise de Thianges, sa sœur, faisait avec elle les honneurs des fêtes brillantes que le roi donnait sans cesse.

L'abbesse de Fontevrault, autre sœur pleine d'esprit, de grâce et d'érudition, aimée et respectée de tout son ordre, y maintenait la règle par son exemple, tant qu'elle était dans le cloître ; ce qui ne l'empêchait pas de venir montrer son voile et sa croix dans cette cour de volupté.

*
* *

Avant de se donner au roi, on affirme que Mme de Montespan avait sérieusement flirté avec Lauzun.

C'était peut-être pour échapper à la fascination du plus séduisant des gentilshommes de la cour que la marquise voulait s'exiler en province.

Quoi qu'il en soit, Lauzun n'avait plus avec elle que des relations d'amitié et il avait été sur le point d'épouser Mademoiselle.

Le roi avait retiré son consentement. Lauzun, désappointé, soupçonne Mme de Montespan, à laquelle il avait confié ses intérêts, de lui nuire près du monarque.

Il veut s'en assurer, gagne une femme de chambre et se cache sous le lit où Mme de Montespan à l'habitude d'attendre le roi.

Il voit arriver les amants, entend tous leurs propos, les demandes, les observations et les répliques.

Rien ne lui échappe. Il s'assure bien qu'il est trahi, retient non seulement le son, mais les expressions et, dégagé par la sortie du roi, parvient à gagner la porte, tandis que la perfide marquise répare le désordre de sa toilette.

Il l'attend au dehors et lui présente la main pour la conduire à la répétition d'un ballet où toute la cour devait assister.

— Puis-je me flatter, lui dit-il avec un air plein de douceur et de respect, que vous ayez daigné vous souvenir de moi auprès du roi?

Elle assure qu'elle n'y a pas manqué et lui compose un roman qu'il interrompit de temps en temps avec l'air de la plus naïve crédulité.

A la fin, il lui serre fortement la main, la traite de menteuse et de coquine, qualités qu'il venait d'être à portée d'apprécier, et lui répète mot pour mot sa conversation avec le roi.

Confondue, atterrée, Mme de Montespan n'a pas la force de répondre.

Elle se sent défaillir et à peine peut-elle se traîner jusqu'au lieu de la répétition, où elle s'évanouit.

Le soir, elle conte tout au roi; Lauzun est arrêté et conduit à la citadelle de Pignerol.

C'est là qu'il éprouva, avec Fouquet, qu'il ne faut pas braver les grands de la terre.

En 1672, le crédit et la puissance de Mme de Montespan étaient sans bornes; sa vanité et son orgueil s'en ressentirent.

Elle crut pouvoir braver la reine qu'elle méprisait, La Vallière qu'elle effaçait, et la France qu'elle scandalisait.

L'année suivante, Louis XIV légitima le duc du Maine, mais il est à remarquer que dans l'acte, il n'est fait aucunement mention de la marquise.

Mais bientôt l'altière favorite vit s'écrouler presque entièrement l'édifice de sa grandeur.

Deux causes amenèrent ce dénouement : ses emportements hautains qui fatiguèrent enfin Louis XIV et les scrupules de ce prince, fortifiés tous les jours par les confesseurs, et surtout par l'hypocrite veuve de Scarron.

Dans le chapitre suivant, nous donnons beaucoup de détails sur la rivalité de ces deux femmes. Si La Vallière fut vaincue par la Montespan, celle-ci trouva à son tour un caractère contre lequel elle devait se briser.

La lutte fut palpitante, mais les confesseurs et Mme de Maintenon l'emportèrent.

Déjà, en 1676, les deux amants pressés par leur conscience s'étaient séparés de bonne foi pour faire leur jubilé.

Madame de Montespan vint alors de Versailles à Paris, visita les églises, jeûna, puis pleura ses péchés.

La conduite du roi ne fut pas moins édifiante.

Après le jubilé, il fut question de savoir si la belle pénitente reparaîtrait à la cour ; elle y tenait par sa naissance et par sa charge, mais Louis avait fait des promesses à Bossuet.

Le roi et sa maîtresse ne voulaient pas se rencontrer, mais ils se rencontraient toujours.

Un jour, Mme de Montespan, accompagnée de Mme Scarron, se rendit à l'église ; elle y entendit la messe avec un recueillement profond, et y reçut même la communion.

Madame Scarron se disposait à la féliciter de cette conversion, lorsqu'elle l'entendit dire au cocher :

— A Versailles !

— Quoi, Madame, s'écria la dévote veuve, après ce que je viens de voir et en sortant de ce saint exercice !

La marquise ne répondit rien, soupira et alla s'étourdir dans les bras de son amant.

Toutefois, ses capitulations de conscience, dont elle s'arrangeait parfaitement, trouvaient des censeurs sévères.

Tel fut ce curé de village dont on lui avait vanté la facilité et auquel elle voulut arracher une absolution :

— Eh quoi ! lui dit-il, vous seriez cette Madame de Montespan qui scandalisa la France ! Allez, Madame, renoncez à vos coupables habitudes et vous pourrez ensuite vous présenter à ce tribunal redoutable.

Piquée, elle se plaignit à Louis XIV qui consulta Bossuet.

Celui-ci ne put s'empêcher de louer le zèle du prêtre, et l'austère et franc Montausier dit hautement que la marquise devait remercier ce curé qui lui avait épargné un sacrilège.

Peu à peu, le roi se détacha de cette maîtresse qui, suivant l'expression populaire, l'avait conduit par le bout du nez.

Bientôt, tout le monde l'abandonne.

Elle cherche des amis et s'aperçoit avec stupeur qu'elle n'en avait point !

« J'oubliais. dit-elle : il me reste une amie ! »

Et elle courut aux Carmélites se jeter dans les bras de La Vallière qu'elle avait tant fait souffrir.

— Vous pleurez, lui dit sœur Louise de la Miséricorde ; moi, je ne pleure plus.

— Vous ne pleurez plus... Ah! moi je pleurerai toujours.

Maintenant la marquise de Montespan est sur le chemin de sa croix ; elle souffrira mille morts à chaque station, et elle arrivera au Calvaire les pieds en sang.

*
* *

Un jour, il lui fallut quitter les Tuileries, Versailles, Marly, les brillants carrousels où elle était toujours remarquée, les fêtes dont elle était l'âme.

Il fallut faire ses adieux à la grandeur et à la puissance sous toutes ses formes, éprouver tout ce qu'il y a d'affreux et d'amer dans le triomphe de ses ennemis et dans l'indifférence de ses amis.

Chassée de la cour, des carrosses du roi, de sa pensée et de son cœur, Mme de Montespan alla où allaient toutes les courtisanes en disgrâce, toutes les favorites usées, toutes les maîtresses flétries, épées rouillées, fleurs fanées, elle alla au couvent.

Cette reine dépossédée avait prévu de si loin sa chute, sans y croire, qu'elle avait fait bâtir de ses épargnes la communauté où elle se retira, le voile au front, le dépit aux lèvres et une colère pleine d'espérance dans le cœur.

Pendant de longues années elle invoque en vain dans ses courses inquiètes le baume de la religion.

Mais on n'oublie pas si vite qu'on a été la maîtresse d'un roi de France et qu'on est encore belle.

Quel amour console de cet amour perdu !

Des hauteurs de Petit-Bourg, à travers ces bois qu'elle parcourait sans cesse, elle cherchait Paris, la ville où elle avait régné.

Ceux qui, par une douce soirée d'été, passent en chantant dans une barque sur les bords de l'admirable propriété où s'était retirée Mme de Montespan, ne savent pas toutes les larmes qui ont été répandues en ces lieux charmants par une femme blessée par le mépris d'un roi.

On la voyait fuir comme une ombre désolée, le soir, derrière les arbres de son parc ou descendre à pas rapides jusqu'aux bords de la Seine dont les ondes chargées de ses regrets et de ses murmures devaient les porter jusqu'au pied des palais de son infidèle amant.

Mme de Montespan mourut le 28 mai 1707 à Bourbon-l'Archambault, où elle allait tous les ans prendre les eaux pour sa santé.

Louis XIV apprit cette nouvelle avec la plus froide insensibilité.

Dans son testament, elle voulait que ses entrailles fussent portées à la communauté de Saint-Joseph, mais l'estafier chargé de ces dépouilles empoisonnées par la maladie et l'orage, revint après une demi-heure, disant qu'il va mourir s'il fait un pas de plus avec une telle peste.

On porte les entrailles aux capucins de Bourbon,

avec prière de les enterrer dans leur chapelle, mais avant la messe, le gardien des entrailles les jette aux chiens dans un fossé aux orties.

Quand vint la nouvelle à la cour de Louis XIV, un ancien courtisan de la marquise dit à demi-voix, d'après Mme de Caylus :

— Ses entrailles, est-ce qu'elle en avait ?

IV

FAVORITE D'UN JOUR

Mademoiselle de Fontanges.

Tandis que Mme de Montespan et Mme de Maintenon se disputaient le cœur du roi, nous étudierons cette rivalité célèbre dans le prochain chapitre, — une jeune favorite apparut qui les départagea en prenant pour elle seule le cœur du Roi-Soleil.

Ce fut Marie Scoraille de Roussille, duchesse de Fontanges.

L'auteur des *Etrennes à la noblesse*, livre dont le style se ressent de l'époque où il fut publié, écrit ces lignes :

« La maison de Scorailles a fourni un traître et une catin. Louis de Scorailles, quoique attaché à la maison de Bourgogne, fut un des complices de l'assassinat du pont de Montereau et reçut de l'argent pour ce crime. Mademoiselle de Scorailles, dite de Fontanges, fut une des maîtresses de Louis XIV, et une des plus belles, des plus bêtes et des plus prodigues des catins de la cour. »

La note est cruelle. Voyons l'histoire, ou plutôt le roman, et parlons de l'éclat d'une fleur que devait sitôt flétrir le baiser de la mort.

Le règne de Mlle de Fontanges fut brillant, mais il fut éphémère.

Jamais les vers de Malherbe ne purent mieux s'appliquer qu'à cette infortunée jeune fille :

> Elle était de ce monde où les plus belles choses
>   Ont le pire destin,
> Et rose, elle a vécu ce que vivent les roses,
>   L'espace d'un matin.

Née en 1661, elle mourut à peine âgée de vingt ans, heureuse, disait-elle, d'être pleurée par son roi.

Cependant, le roi ne l'aimait déjà plus, bien qu'il ne vît pas partir sans regret tant de jeunesse et tant de beauté.

Mlle de Fontanges appartenait à une famille du Rouergue.

Ses parents fondèrent de bonne heure des espérances et des projets sur sa beauté naissante, aussi acceptèrent-ils avec reconnaissance la proposition de de Peyre, lieutenant du roi en Languedoc, qui se chargea d'introduire la jeune fille à la cour, où la duchesse d'Arpajon lui fit obtenir une place de demoiselle d'honneur de Madame.

Dreux du Radier fixe à l'année 1678 l'apparition de Mlle de Fontanges dans la maison de Madame :

mais cette date ne paraît pas exacte, vu le peu de temps qui s'écoula entre l'arrivée de la fille d'honneur, sa liaison avec le roi, et sa courte durée.

Mme de Montespan, dont Louis était déjà depuis longtemps fatigué, apprit elle-même au roi que Madame avait auprès d'elle une belle *idole de marbre*.

Il voulut voir l'idole, et la superbe Montespan, toujours confiante dans le pouvoir de ses charmes, se chargea de la présentation.

Dans une partie de chasse, elle aperçut la jeune Fontanges, qui avait suivi Madame.

Elle l'appela, la présenta au roi, en ne tarissant pas d'éloges sur les attraits de sa protégée.

« Qu'on se figure, dit Dreux du Radier, d'un côté, l'air, le ton et les expressions d'une femme qui se supposait encore dans le plus haut crédit, et qui savait parfaitement la cour, et de l'autre, une jeune personne qui y arrivait, qui en ignorait le langage et les manières et qui en devenait le spectacle, et l'on concevra aisément qu'elle pouvait être fort embarrassée.

Pour ajouter encore à cet embarras qui l'amusait, Madame de Montespan enleva le mouchoir qui couvrait la gorge de Mademoiselle de Fontanges, en disant au roi :

— Voyez, Sire, que cela est beau !

Et Madame de Montespan se connaissait en charmes féminins.

A son indécente exclamation, la fille d'honneur perdit contenance, rougit et ne répondit que par toutes les marques d'une confusion qui ne faisaient qu'augmenter ses attraits.

Louis ne put s'empêcher d'admirer.

Quant à Madame de Montespan, elle devait certainement se repentir bientôt de sa galante initiative.

Le roi fut pris, et l'idole de marbre devint celle de son cœur, car le coup avait été trop prompt et trop vif pour que l'esprit pût au moins combattre la séduction des sens.

Il était, en effet, difficile de voir plus de beautés réunies en une seule personne.

Le seul défaut que quelques femmes jalouses aient pu relever en elle, c'était la couleur de ses cheveux qui tiraient un peu sur le roux ; mais ils étaient si fins et si abondants qu'on pouvait fort bien passer sur l'étrangeté de la nuance.

La Fontanges, dit la princesse de Bavière, était belle depuis les pieds jusqu'à la tête ; on ne pouvait rien voir de plus merveilleux, mais pas plus d'esprit qu'un petit chat.

Sous ce dernier rapport, l'abbé de Choisy ne lui est pas plus favorable !

Selon lui, elle était belle comme un ange, mais sotte comme un panier.

Cette opinion, généralement reçue, n'a qu'un contradicteur, Dreux du Radier, qui s'efforce vainement de prouver que l'abbé s'est montré trop sévère.

Il est certain que le bon de La Fontaine a dit de Mademoiselle de Fontanges :

> L'éclat fut pris des feux du firmament.
> Chaque déesse et chaque objet charmant
> Qui brille au ciel avec plus d'avantage,
> Contribua du sien à son ouvrage.
> Pallas y mit son *esprit* si vanté ;
> Junon, son port, et Vénus, sa beauté ;
> Flore, son teint et les Grâces, leurs grâces !

Cet éloge de l'esprit de la favorite était sans doute chez le bonhomme une de ces distractions auxquelles il paraissait sujet, surtout à l'égard des femmes.

Madame de Montespan recueillit bientôt les fruits de son imprudence : ils furent amers.

Le roi n'avait pas pu voir Mademoiselle de Fontanges sans éprouver de violents désirs.

Il s'expliqua et ne languit pas longtemps.

Maîtresse déclarée, Mademoiselle de Fontanges se livra tout entière à la grandeur, passa devant la reine sans la saluer et rendit au centuple à l'orgueilleuse Montespan les insultes qu'elle en avait reçues.

Elle dépensa cent mille écus par mois, fut surprise qu'on appelât cela de la prodigalité, irrita ses amis par son indifférence et étonna les courtisans eux-mêmes par son ingratitude.

L'appréciation que nous donnons ici est extraite des *Mémoires de Madame de Maintenon.*

Cette conduite extravagante lui fit un grand nombre d'ennemis, mais le roi l'aimait, et les ennemis se contentaient de la haïr, sans oser manifester leurs sentiments.

LAUZUN ENTENDIT LEURS PROPOS
TOUS LEURS PROPOS

Cette faveur éclatante et subite agita à la cour une foule de passions.

La reine, qui avait tout espéré du refroidissement du roi pour Mme de Montespan, voyait son époux engagé dans de nouveaux liens.

Mme de Maintenon tremblait que cette liaison ne durât trop longtemps.

La marquise, furieuse elle-même d'avoir facilité le triomphe de sa rivale, oublia pour un moment la haine qu'elle avait vouée à la veuve Scarron, et tourna toute sa rage contre la nouvelle favorite.

C'était de l'opportunisme féminin.

Toutefois, lorsqu'elle eût mieux connu et mieux apprécié Mademoiselle de Fontanges, elle la craignit un peu moins.

Fontanges avait rêvé qu'elle avait été transportée sur une haute montagne ; qu'éblouie d'abord par un nuage resplendissant, elle se trouva tout à coup dans une si grande obscurité qu'elle en fut effrayée et se réveilla en sursaut.

Elle ajoutait qu'ayant fait part de ce rêve à son confesseur, celui-ci lui avait dit :

« Prenez bien garde à vous. Cette montagne est la cour ; vous y parviendrez à un grand éclat, mais cet éclat sera de fort courte durée, si vous abandonnez Dieu, il vous abandonnera, et vous tomberez dans d'éternelles et profondes ténèbres. »

Vrai ou supposé, ce songe devait se réaliser.

La fortune avait tourné la tête de la favorite.

X — 6

Il est certain que dans la fière et capricieuse Fontanges, il eut été difficile de reconnaître la jeune et timide provinciale que les gestes et les paroles de Madame de Montespan faisaient rougir à son arrivée à la cour.

Elle eut, en effet, bientôt pris tous les vices du poste qu'elle occupait et sembla vouloir dévorer ce règne d'un moment, comme si elle avait eu réellement le triste pressentiment de son peu de durée.

Son orgueil et ses prétentions ne connurent plus de bornes lorsque à l'occasion de sa grossesse, le roi lui donna le titre de duchesse.

Louis s'empressait de satisfaire à la fastueuse prodigalité d'une femme qui donnait à tout venant et à pleines mains.

Outre les cent mille écus par mois qu'il lui avait assurés, elle en recevait presque autant en bijoux, en meubles et en ajustements.

Jamais on ne poussa si loin l'élégance et le luxe de la parure.

Louis XIV lui-même qui déjà, à cet égard, ne manquait pas d'une espèce de recherche, suivit l'exemple de sa maîtresse.

Les fêtes les plus brillantes se succédaient ; Mlle de Fontanges en était l'objet ; mais ses emportements, ceux de Madame de Montespan, leur rivalité ; leur jalousie, leur haine, en ternissaient tout l'éclat.

Louis XIV, tourmenté par ces dissensions continuelles, pria Madame de Maintenon d'accorder, si c'était possible l'ancienne et la nouvelle maîtresse.

La veuve Scarron ressentit peut-être plus de joie de cette commission qu'elle n'en témoigna.

Elle fit d'abord quelques difficultés et finit par accéder au désir du roi ; mais, en y cédant, elle voulait aller plus loin et décider à la retraite les deux rivales.

Le duc de Mazarin, que son procès avec Hortense Mancini, sa femme, avait rendu si ridicule, et qui ne l'était guère moins par l'exagération d'une dévotion qu'il poussait jusqu'à la folie, osa demander une audience au roi et lui dit d'un ton inspiré « que Dieu lui avait révélé que l'État était menacé d'une révolution effroyable et prochaine s'il ne renvoyait promptement la Fontanges. »

— Et moi, lui répondit le roi, je me crois obligé de vous donner avis du prochain renversement de votre cerveau, si vous n'y mettez ordre.

Puis, il tourna le dos au convertisseur qui dut un ridicule de plus à sa mission céleste.

La Vallière elle-même, du fond de sa retraite, voulut remettre Louis dans la voie du salut.

Blessé des remontrances un peu trop vives que lui adressait le prélat envoyé par la carmélite :

— Vous me ferez plaisir, Monsieur, lui dit-il, de renfermer votre zèle dans votre diocèse.

Le pape lui-même enfin, au sujet d'une plainte relative à l'évêque de Pamiers, parla, dans un bref, du scandale des maîtresses.

Il en écrivit à l'archevêque de Paris et au Père La

Chaise, avec ordre à ce dernier de demander son congé, si Mademoiselle de Fontanges n'était pas renvoyée.

Le style du Saint-Père ne fut nullement du goût de Louis XIV, qui lui fit connaître sa façon de penser d'une manière si positive que le pape dut se tenir coi.

Au milieu de toutes ces tracasseries, le nom du roi était cruellement déchiré.

Il se donnait à Mademoiselle de Fontanges par faiblesse, dit La Beaumelle ; il revenait à Madame de Montespan par habitude, et se laissait aller par goût du côté de Madame de Maintenon,

Toutes les trois le voulaient entier.

La première était aimée ; la seconde plaisait encore quelquefois ; la trosième était sur le point de plaire seule plus que les autres deux ensemble.

Louis avait à essuyer les caprices de l'amour, les emportements altiers de la jalousie, l'austérité de la morale.

Et pour inquiéter Louis, il y avait encore la reine qui souffrait silencieusement de tant d'inconstance.

Cependant, Mademoiselle de Fontanges jouissait de son triomphe, qu'elle prétendait lui avoir été prédit en partie.

Le but n'était pas facile à atteindre, même pour l'habileté de Madame de Maintenon. Mais, en somme elle ne travaillait que pour elle-même et nous verrons par la suite combien cette veuve d'un poëte éclopé savait agir, quand son intérêt était en jeu.

Elle n'ignorait pas que Madame de Montespan était à peu près perdue dans l'esprit du roi : de jour en jour, la situation de l'altière favorite semblait péricliter.

Madame de Maintenon s'adressa donc à Mademoiselle de Fontanges dont elle essuya les premiers emportements.

Elle l'effraya en lui reprochant ses faiblesses ; elle la releva en lui montrant les moyens de les expier.

— Mais enfin, que dois-je faire, lui dit Mlle de Fontanges?

— Renoncer au roi, répondit Madame de Maintenon Vous l'aimez ou vous ne l'aimez pas : si vous l'aimez, vous devez le sauver et vous sauver avec lui ; si vous ne l'aimez point, l'effort ne doit pas vous coûter. Quoi qu'il en soit, le quitter, c'est faire une action bonne et louable.

Mlle de Fontanges, impatientée d'entendre tant de vérités affligeantes s'écria :

« Ne dirait-on pas qu'il est aussi facile de se décider à quitter un roi que de changer de chemise?

Madame de Maintenon dût être fort choquée de la comparaison. Elle obtint néanmoins que les apparences de la paix seraient gardées de part et d'autre, et la cour vit avec surprise, à un bal donné à Villers-Coterets, Mlle de Fontanges parée des mains de Mme de Montespan, comme celle-ci l'avait été par Mlle de La Vallière.

Hélas ! la destinée devait être plus brutale que Madame de Maintenon.

Des couches malheureuses firent perdre à Mademoiselle de Fontanges tous ses charmes et elle eut la douleur de ne pouvoir conserver son fils sur la naissance duquel elle avait fondé tant d'espérances.

Elle tomba dès lors dans une langueur mortelle et le bruit courut qu'elle avait été empoisonnée.

Écoutons à ce sujet la princesse de Bavière :

« Fontanges est morte empoisonnée, il n'y a rien de plus certain. Elle n'a cessé d'accuser de sa mort la Montespan qui, disait-elle, avait gagné un de ces laquais. Ce coquin l'a empoisonnée avec du lait, elle, et quelques autres de ses domestiques. »

On croit que les soupçons dirigés sur Madame de Montespan étaient dénués de tout fondement.

L'affaire des poisons était alors toute récente et aucun personnage marquant ne pouvait disparaître sans qu'on ne portât contre quelqu'un une accusation terrible.

L'accident qui précipita Mademoiselle de Fontanges dans la tombe, peu de temps après ses couches, est pourtant assez commun pour ne pas aller en chercher la cause dans un crime.

L'amour de Louis XIV n'avait pas survécu aux charmes de sa maîtresse.

Celle-ci, dans le triste état où elle se trouvait, se retira dans un couvent du faubourg Saint-Jacques où le roi envoya, trois fois par semaine, le duc de La Feuillade s'informer de sa santé.

L'infortunée Fontanges s'attachant à la vie à mesure qu'elle lui échappait témoigna le désir de voir le roi.

Il refusa d'abord : il craignit de réveiller ou de nourrir en elle des sentiments auxquels il fallait qu'elle renonçât.

Il craignait de s'attendrir à l'aspect d'une maîtresse expirante.

C'est un sentiment commun aux grands de la terre que de redouter les émotions trop fortes qui peuvent troubler leur vie.

Louis céda enfin aux instances de son confesseur qui crut qu'un pareil spectacle ne serait pas sans utilité pour son auguste pénitent.

Cette manière de voir était digne d'un bon directeur de conscience, et l'on sait qu'à cette époque, le confessionnal servait à d'autres buts que celui d'assurer le salut du confessé, surtout quand celui-ci était roi de France.

Le jour où la malade attendit Louis XIV fut pour elle un jour de mortelle inquiétude. A chaque instant elle demandait l'heure qu'il était.

Louis arriva enfin.

Dans quel état il la trouva ? Pâle, décharnée, à peine reconnaissable.

Elle l'envisagea avec une espèce d'avidité, lui fit un adieu touchant, le pria de payer ses dettes et de marier sa sœur.

Il le promit et, à sa promesse, il vit le visage de la mourante s'illuminer de rayons de joie.

Elle lui prit la main et la serra. Les yeux du roi se remplirent de larmes. On ne voit pas mourir sans terreur une fille de vingt ans.

— Ah ! s'écria-t-elle, je meurs contente puisque mes derniers regards ont vu pleurer mon roi !

Elle expira.

Louis, tourmenté de douleur, eut peut-être l'idée d'avoir été un obstacle à son salut et il croyait la voir malheureuse pour l'éternité, et malheureuse par lui seul.

Mme de Montespan, au mépris de toute bienséance, fit éclater une joie indécente qui aurait dû la perdre dans l'esprit du roi.

Il lui reprocha de prendre si peu de part à ses peines après en avoir tant pris à ses plaisirs.

Le roi remplit religieusement les dernières promesses qu'il avait faites à Mlle de Fontanges.

Il paya ses dettes et maria une de ses sœurs.

L'autre sœur, depuis un an, était pourvue de l'abbaye de Chelles.

On raconte qu'au sacre de cette abbesse, les tentures de la couronne, les diamants, la musique, les parfums, toute cette pompe sacrée et le nombre des évêques qui officiaient ou qui assistaient seulement à la cérémonie surprirent tellement une dame de province, qu'elle s'écria dans l'église même :

— C'est donc ici le paradis !

— Eh non ! Madame, lui répondit une voisine expérimentée, il n'y aurait pas tant d'évêques !

On transporta dans l'abbaye de Chelles le cœur de

Mlle de Fontanges. Son corps fut inhumé au Palais-Royal.

Un détail sur la vie de la pauvre morte : un jour, dans une partie de chasse, le vent ayant dérangé sa coiffure, elle se la fit attacher avec un ruban dont les nœuds retombaient sur le front.

Cet ajustement, où le hasard avait au moins autant de part que la coquetterie, plut au roi, qui pria sa maîtresse de ne pas se coiffer autrement pendant le reste de la journée.

Le lendemain, toutes les dames de la cour se firent honneur de porter des *Fontanges*, et ce nom donné à un ornement aussi frivole qu'elle-même, est à peu près le seul souvenir qui reste aujourd'hui de cette brillante favorite.

Elle fut aussi, dit-on, la première qui fit atteler huit chevaux à son carrosse, et cette innovation n'eut pas moins de succès que le fameux nœud de ruban ; mais elle fut moins suivie.

Que penser d'une femme qui n'a d'autres titres à la postérité qu'un genre de coiffure, inventé par le hasard, et un attelage somptueux !

Eh bien ! il faut pourtant la plaindre.

Mlle de Fontanges avait été victime des mœurs du temps. Elle appartenait à cette petite noblesse qui avait tout l'orgueil de la grande, et moins de revenu.

Sa famille, hypnotisée par la toute-puissance du Roi-Soleil, avait considéré comme un honneur de sacrifier cette enfant.

Si cet exemple avait été unique !

V

LA DERNIÈRE PASSION DE LOUIS XIV

La marquise de Maintenon

Si le nom de Mlle de La Vallière se présente souvent dans l'histoire de Mme de Montespan, le nom de cette dernière favorite revient souvent dans la vie de Mme de Maintenon.

Ce fut la lutte suprême entre celle qui ne veut pas s'en aller et celle qui n'a qu'un obstacle à vaincre pour atteindre son but.

De toutes les maîtresses de Louis XIV, il n'en est pas une qui ait obtenu un triomphe pareil à celui de Françoise d'Aubigné, veuve d'un poète pauvre et difforme, épouse presque avouée du Roi-Soleil.

Mme de Maintenon naquit, en 1635, dans les prisons de la Conciergerie de Niort, où son père, Constant d'Aubigné, était détenu.

Elle fut baptisée par un prêtre catholique et reçut le nom de Françoise.

Mme de Villette, sœur de Constant d'Aubigné, l'ayant visité dans sa prison, fut touchée de sa détresse et emmena ses trois enfants au château de Mursay, où Françoise fut nourrie.

Mme d'Aubigné redemanda bientôt sa fille.

Elle lui fut ramenée au Château-Trompette où d'Aubigné venait d'être transféré.

La jeune d'Aubigné passa ses premières années dans cette forteresse. Elle racontait que, jouant avec la fille du concierge qui avait un ménage d'argent, celle-ci lui reprocha de n'être pas aussi riche qu'elle.

« — Cela est vrai, lui répondit-elle, mais je suis demoiselle et vous ne l'êtes pas. »

Elle laissait ainsi entrevoir ce sentiment de sa propre dignité qui a été le fond de son caractère et le secret de sa conduite.

Enfin, Mme d'Aubigné obtint l'élargissement de son mari, à condition qu'il abjurerait le calvinisme.

D'Aubigné promit tout, oublia ses promesses et, de peur d'être inquiété, résolut d'aller en Amérique chercher le bonheur et la tranquillité.

Il s'embarqua donc avec sa femme et ses enfants.

Pendant ce voyage, Françoise eut une grave maladie et fut à une telle extrémité qu'elle ne donnait plus signe de vie. Sa mère la presse entre ses bras, pleure, gémit et la réchauffe sur son sein. Fatiguée de ses cris, le baron d'Aubigné veut lui arracher l'enfant. Un matelot va la jeter à la mer. Mme d'Aubigné demande qu'un dernier baiser lui soit du moins permis, porte la main sur le cœur de sa fille et s'aperçoit qu'elle conserve encore un reste de chaleur.

L'enfant devait vivre.

Depuis, Mme de Maintenon racontant ce trait à Marly, l'évêque de Metz, qui était présent, lui dit :

— Madame, on ne revient pas de si loin pour peu de chose.

Sa mère lui énumérant un jour les exploits de son grand père et la faveur où il avait été auprès de Henri IV :

— Et moi, dit l'enfant, ne serai-je rien ?

— Et que veux-tu être ? reprit la mère.

— Reine de Navarre !

Nous verrons dans la suite comment Françoise d'Aubigné sut réaliser les vœux qu'il lui était arrivé d'exprimer.

D'Aubigné étant mort très pauvre, sa veuve revint en Europe pour implorer le secours de ses parents.

Mme de Villette recueillit Françoise, tandis que sa mère succombait à une vie de luttes et de chagrins. L'orpheline fut ensuite adoptée par Mme de Neuillant, une autre de ses tantes.

Ce fut chez Mme de Neuillant que Françoise d'Aubigné fut initiée aux usages du monde.

Le chevalier de Méré voulut faire son éducation, et il la produisit dans plusieurs salons sous le nom de *la belle Indienne*.

Il la conduisit surtout chez l'abbé Scarron, où se réunissait tout ce que la ville et la cour présentaient de plus spirituel, et en même temps aussi de plus léger et de plus galant.

Dans les réunions de l'abbé, se trouvaient le plus souvent Chapelle, Saint-Evremond, Voiture, la fameuse Marion Delorme qu'avaient aimée tant de vieux cardinaux et que tant de jeunes abbés aimaient encore, Ninon de Lenclos, qui changeait d'amant tous les mois et qui était aussi remarquable par sa beauté et son esprit que par son inconstance.

Dans toutes ces sociétés, l'abbé Scarron brillait par un esprit inépuisable. Il avait un goût prononcé pour le comique, ou plutôt pour le burlesque.

Il sut mettre à la mode ce genre d'esprit, aujourd'hui dédaigné. Mais il était goutteux, impotent, cul-de-jatte et, comme il le dit lui-même, un *raccourci de la misère humaine*.

C'est surtout une folie de carnaval qui jeta notre poète dans sa pitoyable position.

Il se trouvait au Mans, dont il était devenu chanoine et brûlait, ainsi que trois de ses amis, du désir de prendre part aux mascarades publiques qui alors, comme de nos jours, terminaient le carnaval. Mais il voulait sauver la singularité de son caractère et la décence de son état, l'Eglise et le burlesque.

Le moyen qu'il imagina pour y parvenir donnera une idée de son extravagance.

Il s'enduisit de miel des pieds à la tête et se roula dans un grand lit de plumes jusqu'à ce qu'il fût complètement *empenné*.

Les trois autres étourdis suivirent son exemple et se mirent à parcourir la ville dans ce singulier équipage.

Bientôt, ils furent entourés de femmes de la populace. Les unes leur prodiguèrent des quolibets ; les autres prirent plaisir à les déplumer tant et si bien qu'à la fin elles reconnurent le chanoine en goguette.

Aussitôt la populace indignée cria au scandale. Scarron, pour se soustraire aux outrages de la foule, n'eut plus d'autre ressource que de sauter un pont et de cacher sa confusion au milieu des roseaux de la Sarthe.

Un froid glacial le saisit et mit dans son sang le principe des maux qui l'accablèrent depuis.

Scarron n'était pourtant pas un mauvais homme puisqu'il se prit d'une grande affection pour l'orpheline que Mme de Neuillant avait amenée chez lui.

Il lui dit un jour :

— Si vous perdiez Mme de Neuillant, que deviendriez-vous ?

Les larmes de Françoise coulèrent. Elle se représentait sa misère à venir dont sa misère présente était le prélude.

— Vous seriez, reprit Scarron, livrée à la plus affreuse indigence.

— Mon Dieu, dit Mlle d'Aubigné, je sens toute l'étendue de mon malheur, mais qu'y puis-je faire ?

— Une demoiselle, répliqua l'abbé, n'a dans la situation où vous êtes d'autre asile que le couvent ou le mariage. Ces deux états peuvent seuls vous sauver du péril où vous exposera une beauté déjà célèbre. Voulez-vous être religieuse ? Je paierai votre dot. Voulez-vous vous marier ? Je ne puis vous offrir qu'une fortune très bornée et une très laide figure.

Quelque temps après, l'abbé Scarron, l'homme le plus grotesque de l'époque, se mariait avec Mlle d'Aubigné, la future épouse de Louis XIV.

La première nuit fut marquée par de violentes douleurs que souffrit Scarron ; ainsi le lit conjugal ne promit au mari que des regrets et à la femme que des soucis.

Mme Scarron, d'abord timide, se montra bientôt aimable et spirituelle et procura un nouvel agrément aux réunions qui se donnaient à son foyer.

Les propos en sa présence devenaient plus décents sans rien perdre de leur gaieté. Plus on eut d'esprit, plus on aima le sien.

En l'entendant, on oubliait qu'il y eût d'autres plaisirs, on oubliait même ses besoins.

— Madame, lui dit un jour un de ses gens, encore une histoire : nous n'avons pas de rôti.

Il était impossible d'être plus jolie, de réunir tant de grâces et d'esprit sans attirer à soi les galants.

Le chevalier de Méré se mit sur les rangs et il offrit ses hommages à Mme Scarron.

Villarceaux, l'amant de Ninon de Lenclos et l'homme de cour le plus élégant, chercha aussi à plaire à l'épouse du poète.

Il aima cette beauté modeste qui semblait se dérober aux admirateurs, et montra dans son amour une constance étonnante.

Ninon, qui ne rougissait pas d'être quittée, parce qu'à son bon choix succédait toujours un choix meilleur, ne tenta point de ramener un cœur que lui ravissaient des charmes nouveaux. Mais, pour se venger noblement de Villarceaux, elle voulut être sa confidente et se joignit à lui pour le faire aimer de sa rivale.

Elle employa toutes les ressources de son esprit, fécond en petites ruses, pour aider au triomphe de son ancien amant.

Interrogée plus tard sur la vertu de Mme de Maintenon, Ninon de Lenclos disait à Fontenelle :

— Elle n'était point propre à l'amour ; mais je ne répondrais pas qu'elle fût intacte.

Les infirmités de Scarron augmentaient avec l'âge. A cinquante ans, il n'avait de sain que son esprit : tous ses membres étaient entièrement paralysés.

Il mourut en disant à ses domestiques :

— Mes enfants, je ne vous ferai jamais autant pleurer que je vous ai fait rire.

Sa jeune épouse le pleura comme si elle eût beaucoup perdu.

Françoise d'Aubigné, retombée de nouveau dans l'indigence, se mit à solliciter pour elle la pension que recevait son mari.

Elle se fit introduire par la marquise de Thianges chez de Mme de Montespan.

Celle-ci écouta la jeune veuve avec intérêt; elle fut flattée des compliments qui lui étaient adressés avec art, demanda le placet et promit de s'en charger.

En effet, elle ne tarda pas à le présenter à Louis XIV qui avait été déjà sollicité par d'autres personnes.

— Quoi ! s'écria-t-il, encore la veuve Scarron ?

— Sire, lui répondit Mme de Montespan, il y a lontemps que vous ne devriez plus en entendre parler ; il est étonnant que Votre Majesté n'ait pas encore écouté

Mme de MONTESPAN présente Mlle de FONTANGES A LOUIS XIV

une femme dont les ancêtres se sont ruinés au service des vôtres.

La main qui présentait le placet le rendit agréable et la pension fut accordée.

Mme Scarron s'empressa d'aller remercier sa protectrice. Celle-ci fut si charmée d'avoir fait du bien à propos qu'elle voulut présenter la pauvre veuve au roi qui racheta le retard qu'il avait mis à son bienfait par de gracieuses paroles.

Pour conserver la faveur de Louis XIV, Mme de Montespan avait cru nécessaire d'avoir beaucoup d'enfants de lui. Elle offrit à Mme Scarron l'emploi de gouvernante en lui faisant observer qu'elle serait, pour ainsi dire, la gouvernante des enfants de France.

La proposition de la marquise fut acceptée et ses élèves reçurent les soins les plus éclairés.

L'aîné de ces enfants, le duc du Maine, se faisait déjà remarquer par une intelligence cultivée et une rare distinction de manières.

Le roi manifesta sa reconnaissance à la gouvernante par la gratification de plusieurs sommes d'argent qui mirent Mme Scarron en mesure d'acheter le beau domaine de Maintenon.

Louis XIV la vit si satisfaite de cette acquisition qu'il la nomma publiquement Mme de Maintenon.

Plusieurs jaloux la nommèrent Mme de *Maintenant*.

La nouvelle marquise feignit d'ignorer tout ce qui se disait dans le public et ne signa plus que *Maintenon*.

X — 7

Jusque-là, elle avait signé d'*Aubigné*.

Ce changement de nom lui fut plus utile qu'elle ne l'avait prévu elle-même. Comment eût-elle pu s'élever au rang où elle monta dans la suite avec ce nom de Scarron, qui présentait toujours au roi une idée basse et grotesque?

Louis XIV eût-il pu se résoudre à présenter aux hommages de la Cour une femme dont le nom était presque un ridicule?

Tout le sérieux de la veuve ne pouvait effacer l'impression que causait le souvenir du mari. Il fallait que Mme de Maintenon fît oublier Mme Scarron.

Lorsque Louis eut mieux connu le caractère et l'esprit de la gouvernante, les quelques préventions qu'il avait tombèrent, et ce prince changea complètement d'opinion à son égard.

Au lieu d'une femme rigide, prétentieuse et pédante, il ne vit plus qu'une femme douce, agréable et de la plus grande simplicité.

Mme de Maintenon sut profiter de la faveur dont elle jouissait à la Cour pour attirer les prêtres et les dévots et tâcher d'exciter chez l'époux infidèle quelques scrupules de conscience.

En agissant ainsi, elle avait bien ses vues: elle voyait dans la réussite de ses projets l'éloignement de Mme de Montespan, sa propre domination assurée pour longtemps, et en même temps le triomphe de ses principes.

Le carême de 1675 commença l'espèce de révolution que la gouvernante préparait depuis longtemps.

Le roi voulut le passer à l'ancien château de Versailles pour entendre tous les sermons dont il ne se souciait pourtant pas de profiter.

Il donna ordre à l'archevêque de Paris de lui envoyer, pour les offices de la semaine sainte, quelques prêtres de la congrégation des jésuites, afin d'essayer d'un corps auquel il projetait de donner le soin de sa paroisse de Versailles.

Ces prédicateurs remplirent leur devoir en hommes qui n'avaient jamais été à la Cour : ils alarmèrent toutes les consciences et les confesseurs rigides ne les rassurèrent pas.

Mme de Montespan fut déchirée de remords, et Louis parut chez la reine avec les yeux d'un homme qui avait pleuré et qui n'était pas fâché qu'on le sût.

Parmi les femmes de chambre de la favorite, il y en avait une dont la complaisance et la discrétion étaient si éprouvées que sa maîtresse se livrait en sa présence à toute la liberté d'un tête-à-tête amoureux.

Cette femme, qui avait assisté à toutes les prédications, fut effrayée du jugement de Dieu, et se crut coupable de toutes les impudicités dont elle avait été le témoin.

Elle va chez Mme de Maintenon, dont elle avait toujours méprisé les conseils, déclame contre Mme de Montespan, contre elle-même, avec toute la rage du désespoir, s'accuse de la perte du roi, qui se damne, et de tous les malheurs dont le courroux du ciel menace le royaume ; elle s'écrie mille fois qu'il n'y a plus de pardon ni de salut pour elle, que son unique ressource est de se pendre ou de se noyer, et lui fait un détail impur des raffinements de lubricité de la marquise, soit pour varier ses plaisirs, soit pour ranimer l'ardeur éteinte de son amant.

Mme de Maintenon, après avoir enfin interrompu cette obscène confidence, tâcha de calmer les agitations de cette fille.

Mais en vain elle l'assura que Dieu était encore plus miséricordieux [qu'elle n'avait été complaisante.

La femme de chambre, d'autant plus tourmentée par ses remords qu'elle ne les avait jamais redoutés, criait toujours qu'elle voyait l'enfer s'ouvrir sous ses pas.

« C'est moi seule, s'écriait-elle, qui suis cause de tout ce mal; mais vous, Madame, qui êtes si sainte, vous feriez mieux de tordre le cou à ces bâtards que de les élever! »

L'habile gouvernante parvint par ses discours à calmer l'esprit de cette folle, et l'envoya au confessionnal demander pardon de ses fautes et de ses complaisances.

La femme de chambre suivit ce conseil; puis, elle entra chez sa maîtresse, lui demanda son congé, lui rendit avec un reste de fureur tous les présents qu'elle avait reçus d'elle et du roi, rejeta ses promesses avec indignation, lui dit qu'elle voulait se sauver et la conjura de se sauver elle-même.

Tourmentée par ses propres réflexions, épouvantée de l'arrêt qui punit par une éternité de supplices quelques instants de plaisir, entraînée par l'exemple de nombreuses conversions, lasse de jouer le personnage de maîtresse, si humiliant pendant la quinzaine de Pâques, Mme de Montespan se trouvait dans cet état où le cœur est prêt à se livrer au premier sentiment qui l'attaque avec force.

Elle voulut qu'un confesseur missionnaire achevât de fixer ses incertitudes, en augmentant son effroi ou en lui faisant entrevoir un pardon facile.

Le mercredi saint, à l'entrée de la nuit, elle se rendit à l'église, sans aucune suite.

La Madeleine repentante sortit de l'église fondant en larmes.

Elle envoya quérir Bossuet, précepteur du Dauphin et évêque de Condom : elle lui dit tout ce qui s'était passé dans son âme, avoua que le Jésuite lui avait inspiré une extrême horreur de son état, et l'avait si fort ébranlée par la menace des vengeances célestes, qu'elle avait résolu d'abandonner la Cour et ses plaisirs, et d'employer la moitié de sa vie à faire pénitence de l'autre moitié.

Bossuet, qui avait concerté les prédications avec Mme de Maintenon, s'empressa d'aller chez elle lui apprendre le miracle qui s'opérait.

— Vous, Monseigneur, dit-elle, qui connaissez le cœur humain, pensez-vous que cette vapeur de dévotion dure longtemps ?

— Je ne crois pas, répondit l'évêque, mais aujourd'hui l'attaque est forte et il faut profiter de la circonstance pour arriver aux fins que nous nous proposons.

— Oui, travaillons de concert, répliqua Mme de Maintenon, vous à sauver le roi, et moi, à encourager la marquise dans sa résolution. Je me rends à l'instant chez elle.

Dès qu'elle entra, Mme de Montespan courut à elle et lui dit en l'embrassant : « Enfin, vous serez contente de moi ! Je pars d'ici, dès demain matin, et sans faire d'adieux et sans en recevoir, et presque sans regret. »

Mme de Maintenon n'en croyait pas ses oreilles.

Elle fit tous ses efforts pour affermir la favorite dans ses projets, et passa la nuit auprès d'elle, soit pour l'exalter par des principes de religion, soit pour la déterminer par des motifs d'honneur.

Mme de Montespan pleurait peut-être moins ses fautes passées que les charmants plaisirs qu'elle allait quitter.

Mme de Maintenon, à qui ces larmes paraissaient suspectes, jetait les yeux sur elle et la faisait rougir. Elle lui promettait de ne la point quitter et l'excitait à demander au ciel la force d'accomplir ce sacrifice.

Bossuet, de son côté, après avoir exposé au roi le motif de sa visite, le supplia d'approuver la conversion de la marquise, de la favoriser dans son dessein, de l'oublier même, et surtout de ne plus tenter un cœur que la grâce avait touché mais n'avait pas encore vaincu.

Le roi, affligé de la brusque retraite de Mme de Montespan, laissa couler quelques larmes.

L'évêque feignit de prendre ce mouvement de faiblesse pour un acquiescement à ses paroles ; il lui représenta que sa conduite irrégulière détruisait les bonnes mœurs et ruinait la religion.

« Hé ! Sire, ajouta-t-il. Quel exemple pour Monseigneur le Dauphin ! Quel effet peuvent produire toutes mes leçons sur un fils qui voit son père vivant avec sécurité dans un adultère public, la reine réduite aux égards que la bienséance ne peut lui refuser, Mme de Montespan adorée, la vertu méprisée, les ministres de vos passions plus puissants que les ministres de la religion ? Le salut de votre peuple est entre vos mains. Toute la France a les yeux sur vous pour suivre votre exemple. Votre Majesté, toujours sûre d'être imitée, détruira le mal en le haïssant. »

Le roi goûta ces paroles sévères et dit au prélat qu'il avait bien des désordres à réparer, qu'il laissait la marquise maîtresse de sa conduite, et que lui-même avait besoin d'un directeur qui lui apprît à faire son salut.

L'évêque porta ces paroles à Mme de Montespan qui, après avoir craint un refus, fut outrée d'un consentement si vite accordé.

Elle eut bien voulu demander au prélat si le roi l'avait donné sans effort, s'il avait été attendri, s'il avait paru espérer un changement de sa part : elle n'osa manifester une curiosité qui aurait démenti la résolution qu'elle avait prise.

Forcée d'étouffer ses sentiments, elle les condamnait et les chérissait, pleurait les péchés qu'elle avait commis et regrettait ceux qu'elle aurait pu commettre encore.

Le désespoir produisait dans son cœur une espèce de faiblesse et de pitié : elle promettait à Dieu de lui être fidèle et murmurait de ce que le roi était insensible ou inconstant.

Le moment de la séparation était fixé au lendemain, mais le sommeil vint diminuer un peu chez la favorite cette faveur de piété. Elle s'était couchée convertie, elle se réveilla mondaine.

En vain la femme de chambre confessée la pressait de se lever : elle était excessivement fatiguée, et c'était une cruauté que de ne pas la laisser se reposer.

Elle poussait de longs soupirs et s'écriait ensuite : « Oh ! mon Dieu, que je vais vous aimer ! »

Mme de Maintenon qui avait prévu que le départ serait aussi tardif que la résolution avait été précipitée, avait mis ordre à tout. Les domestiques étaient avertis ; les chevaux étaient attelés : il ne se présentait aucun prétexte de délai.

Mon Dieu ! dit la favorite les yeux fixés sur le lit qui lui rappelait des péchés qu'elle voulait et ne pouvait haïr, il faut donc quitter ce pays-ci pour jamais !

— Vous lui faites bien de l'honneur de le regretter, reprit Mme de Maintenon.

Mme de Montespan part enfin. La gouvernante, à sa prière, reste à la Cour pour disposer tout ce qui est nécessaire au départ des princes, que la mère veut désormais élever elle-même.

Aussitôt après le départ de la favorite, le roi se rendit chez Mme de Maintenon pour recevoir les consolations que la circonstance comportait.

— Je l'aime encore, disait le roi ; elle m'aime aussi.

— Si vous l'aimez, répondait la belle dévote, voudriez-vous achever sa perte et son déshonneur ? L'honneur est d'un prix au-dessus de tous les trésors, et le monde entier ne vaut pas une âme. Si elle vous avait véritablement aimé, vous aurait-elle séduit ? Quand l'amour n'est pas une vertu, il est le plus honteux des vices.

Mme de Maintenon connaissait tout l'effet que ses discours produisaient sur le cœur du roi.

Habile à choisir les moments où elle pouvait plaire, elle savait l'envelopper dans des paroles magiques. A son éloquence, se joignait encore le charme de sa personne. Le son de voix le plus agréable, un front ouvert et riant, un geste naturel, la plus belle main, des yeux de feu, les mouvements d'une taille libre et majestueuse ; tout en elle était propre à la persuasion. Une connaissance parfaite du cœur humain, fruit de l'étude qu'elle avait faite du sien, réprimait les saillies de son extrême franchise, et l'avertissait de l'instant où il fallait commencer et de l'instant où il fallait finir.

On a dit d'elle : « Quand elle marchait et quand elle parlait, on croyait voir les Grâces, on croyait entendre la Sagesse.

Louis XIV, ravi que la vertu employât pour le ramener à Dieu les mêmes charmes que la coquetterie avait employés pour l'en éloigner, aimait les entretiens où il jouissait de la présence et des attraits d'une femme qui le dégoûtait si agréablement de toutes les autres.

Il lui semblait facile de jurer à celle qui commençait à lui plaire de renoncer à celle qui plaisait depuis si longtemps. Il imaginait le péché délicieux à commettre, avec la femme qui le peignait si odieux.

Tous ses désirs se portaient sur celle qui voulait les éteindre.

Il avait triomphé d'une vierge, il s'était cru heureux ; il avait assujetti une coquette, et il en était encore flatté ; il lui restait à conquérir une dévote par principe, et c'était pour lui un bonheur suprême.

Il y avait déjà un mois que la semaine sainte était passée, avec toutes les prédications et les austérités de la pénitence, lorsque Mme de Maintenon dût conduire aux eaux de Barèges son jeune élève, le duc du Maine.

Mme de Montespan, dont le regret de son ancienne élévation était plus puissant que celui de ses fautes, était bien décidée à profiter de l'absence de celle qu'elle considérait déjà comme sa rivale, pour reprendre la place qu'elle occupait à la Cour et récupérer sa faveur auprès du roi.

Elle se trouvait dans ces dispositions, lorsque Bossuet, en exigeant du roi, pour Mme de Montespan, un congé dans les formes, fournit ainsi, sans le vouloir, une occasion de rapprochement.

Louis consentit à faire ce que voulait l'évêque de Condom et voulut que le prélat fût lui-même porteur de ce congé.

Mais au lieu des cruels adieux qu'il avait promis, il écrivit une lettre très passionnée.

L'évêque la remit à la marquise et en rapporta une lettre encore plus tendre.

Ce commerce dura quelques jours: on se faisait des promesses de s'aimer chastement ; on se donnait des rendez-vous pour les violer.

Racine mettait en vers les billets du roi, et Monseigneur de Condom, se faisant le courrier des deux amants, se rendait tous les soirs, couvert d'un manteau gris, au village de Clagny où se trouvait Mme de Montespan.

Louis XIV, qui n'était plus fasciné par les paroles et les regards de Mme de Maintenon, brûlait du désir de revoir son ancienne maîtresse.

Un beau matin, il se rendit à Clagny pour faire une visite à sa belle fugitive.

La tendresse du roi envers son amante et les adorations de toute la cour adressées à l'ancienne idole annoncèrent à Bossuet qu'il avait joué par son entremise un rôle de dupe et qu'il avait fait, sans qu'il s'en aperçut, tout le contraire que ce qu'il se proposait d'atteindre.

La marquise le consola du ridicule de son ambassade en lui jurant qu'elle serait toujours cruelle à Sa Majesté, et le roi l'en récompensa en lui destinant la charge de premier aumônier de Mme la Dauphine.

Quand Mme de Maintenon fut de retour à Versailles, à son grand désappointement, elle y trouva la belle pécheresse.

Voyant qu'elle n'avait pu obtenir une rupture entière, elle voulut du moins que la marquise s'en tînt à l'amitié ; mais elle ne pouvait l'y résoudre.

Tant de charmes encore et tant d'orgueil se réduisaient difficilement à la seconde place, qui, d'ailleurs, lui paraissait moins stable que la première. Il était temps de se décider car le roi demandait une décision avec de froides instances qui annonçaient de vifs désirs.

Mme de Montespan, consumée sans doute des mêmes feux, prit le parti de pécher encore et de régner.

Des brouilleries secrètes ne tardèrent pas à aigrir l'une contre l'autre la favorite et la gouvernante : on se querellait sans raison, on se raccommodait par amitié.

Mme de Montespan était trop perspicace pour ne pas s'apercevoir du but caché de la veuve Scarron, et elle se permettait envers cette dernière des procédés hautains que la gouvernante, dans son impatience, ne pouvait se résoudre à souffrir.

Aussi, plusieurs fois fit-elle part à Louis XIV de ses chagrins et demanda-t-elle la permission de se retirer, demande qui fut toujours rejetée et suivie d'une augmentation de faveurs.

Un jour, la favorite irritée dit à Mme de Maintenon :

— Est-ce à une gouvernante de mes enfants, à me contredire dans mes actions ?

— S'il est honteux d'être leur gouvernante, répondit sa rivale, que sera-ce d'être leur mère ?

Comment, après des altercations si fortes et si fréquentes pouvaient-elles se revoir ? — Elles passaient sans cesse de la réconciliation aux brouilleries, et des brouilleries à la réconciliation.

Malgré leurs dissensions et leur antipathie mutuelles, leur position respective à la cour les forçait néanmoins de se trouver ensemble. Le roi était souvent le juge de leurs démêlés : rarement Mme de Maintenon était condamnée.

La femme que l'on possède a toujours tort contre celle qu'on ne possède pas encore.

Les ayant un jour trouvées fort échauffées, Louis voulut savoir la cause de leur différend.

— Si Votre Majesté veut entrer dans ce cabinet, dit la gouvernante, je l'en instruirai.

Là, elle commença par une vive peinture de ce qu'elle avait à souffrir, et finit par des instances de la dispenser de vivre davantage avec une dame qui était la dureté même.

— La dureté ! dit le roi, et toutes les fois qu'on

parle devant elle de quelques malheureux, je vois ses yeux se remplir de larmes!

— Et moi, reprit Mme de Maintenon, je vois que vous en êtes toujours épris. Est-ce là, Sire, ce que vous aviez promis à Bossuet, à la reine, à vos peuples, à Dieu? Elle pleure sur les malheureux, dites-vous, et c'est elle qui les fait.

Le roi la pria de ne point se retirer encore.

— Il faut donc, dit-elle, que je dévore le chagrin de passer ma vie entre deux personnes qui pèchent tous les jours sous mes yeux et qui donnent à l'Europe le scandale d'une femme infidèle à son époux, d'un homme ravisseur de la femme de son prochain?

Le roi écoutait sans manifester le moindre mécontentement.

Mme de Maintenon lui était devenue aussi nécessaire qu'au duc du Maine, son élève.

Il était déjà d'un âge à chercher dans le commerce des femmes l'amusement plutôt que le plaisir.

Depuis le retour de Barèges, il retrouvait cette société dont l'absence lui avait montré le prix.

Il haïssait les dévotes et ne soupçonnait pas Madame de Maintenon de l'être.

Le grand art de se posséder, l'art plus difficile encore de juger les hommes, le talent de se conduire d'après des vues justes et précises, l'habitude de tout remarquer et de profiter de tout: voilà ce qui distinguait Mme de Maintenon de toutes les femmes qui cherchaient à lui plaire.

Elle connaissait le roi et savait l'amuser: le premier point était facile, parce que le caractère était très marqué ; le second, était pénible, parce que le cœur était très vide, et le sentiment émoussé.

Elle ne se présentait devant lui qu'avec des grâces, de la douceur, des inquiétudes pour le duc du Maine, une attention complaisante à des contes cent fois répétés et l'air d'un goût vif et nouveau pour des plaisirs uniformes.

Elle paraissait de jour en jour plus estimable et le roi se montrait envers elle de jour en jour plus attaché.

L'orgueilleuse favorite voulait régner en souveraine sur le cœur du roi : aussi tourmentait-elle son amant par de continuels accès de jalousie.

Déjà, il lui avait sacrifié toutes les filles d'honneur de la reine ; Madame de Montespan avait trouvé que cette pépinière de vierges était trop séduisante.

Mais elle avait eu affaire à forte partie avec la gouvernante de ses enfants, assez puissante pour gouverner leur mère.

Nous ne nous étendrons pas davantage sur une rivalité de deux femmes également charmeresses, à divers titres.

Mais nous devions insister sur cette lutte homérique pour la possession d'un cœur de roi.

*
* *

Considérons la Montespan comme vaincue et résumons les notes si curieuses, peut-être pas assez impartiales, sur le règne de la victorieuse rivale.

La reine avait été dupe, toute la première, des beaux dehors de la veuve Scarron.

Cette princesse n'avait pas l'esprit soupçonneux : elle s'était singulièrement abusée sur Mademoiselle de La Vallière, plus encore sur Madame de Montespan.

Pouvait-elle être moins confiante vis-à-vis de Madame de Maintenon ?

Cette confiance s'était accrue des confidences de Louis. L'adroite gouvernante avait plaint le roi au sujet de ses égarements ; elle lui avait souvent répété qu'il se damnerait s'il ne prenait pas la vertueuse résolution de vivre mieux avec la reine.

Louis avait tout rapporté à son épouse, qui crut avoir les plus grandes obligations à celle qui jadis avait été, pour parvenir, la complaisante de Mme de Montespan.

Elle la distingua et, grâce à sa considération, du moins en partie, Mme de Maintenon avait été nommée dame d'atours de la Dauphine, ce qui l'affranchit entièrement de l'autorité de Mme de Montespan et fit alors cesser entre elles toutes relations de devoirs.

Aussi, à son lit de mort la reine témoigna-t-elle à Mme de Maintenon une estime particulière en lui donnant l'anneau qu'elle avait reçu du roi.

La marquise avait voulu paraître sensible à la mort de cette princesse, mais sa douleur eut quelque chose de tellement affecté que personne ne voulut y croire.

Le roi lui-même, voyant que ses larmes ne tarissaient pas, ne put s'empêcher de la plaisanter à ce sujet.

La faveur de Mme de Maintenon était au comble ; le mariage auquel elle pensait depuis la mort de Marie-Thérèse pouvait consolider cette faveur, mais non l'augmenter.

Liée d'intérêt avec le Père La Chaise, elle se regardait comme à peu près sûre du succès.

Le parti de Mme de Montespan essaya d'inquiéter ses espérances, s'il ne parvenait à les renverser.

On vit paraître une espèce de pamphlet, conçu en termes injurieux pour le roi, dans lequel on prétendait qu'il avait perdu son sceptre, promettant récompense à celui qui le trouverait.

Le surlendemain, on distribua avec profusion ce petit écrit :

« Le sceptre s'est trouvé sur la toilette d'une hypocrite, et la main de justice dans la manche d'un Jésuite. »

On renouvela ensuite les placards qu'on avait affichés dans Paris après la mort de Colbert.

On y lisait :

« Grand spectacle, Louis XIV donnera les grandes marionnettes dans la chapelle de Versailles ; Louis XIV remplira le rôle de Gargantua ; Mme de Maintenon, celui de Mme Cigogne ; l'abbé Gobelin, celui de Pierrot, et le Père La Chaise, celui de Satan, faisant la cour à Mme Cigogne. »

Toutes ces attaques et toutes ces intrigues échouèrent contre les efforts réunis de Mme de Maintenon et du Père La Chaise.

On soupçonna le projet du roi à l'égard de sa favorite ; la famille royale s'en émut, et le Dauphin osa s'en expliquer avec son père, qui le reçut d'abord assez mal et finit, dit-on, par lui promettre que le mariage n'aurait pas lieu, promesse qui fut vite oubliée.

Louvois lui-même s'honora par la noble fermeté avec laquelle il parla au roi. Il y gagna la haine de Mme de Maintenon, à laquelle Louis avait la faiblesse de tout rapporter, et n'obtint de son maître que la parole de ne contracter qu'une union secrète.

Le sort en était jeté. La Providence, selon l'expression de Saint-Simon, préparait au plus superbe des rois l'humiliation la plus profonde, la plus publique, la plus durable et la plus inouïe.

Les *Mémoires* du cardinal Dubois rendent compte de l'événement. Toute la page est à citer :

« Mme de Maintenon battit en brèche les scrupules de Louis avec la Bible et les quatre Évangélistes ; le Père La Chaise jésuita de son mieux ; Villarceaux, qui savait le détail des attraits de la veuve, en enflamma l'imagination du roi ; M. de Harlay, archevêque de Paris, joua son rôle dans cette comédie, dont le Scapin fut Bontemps, gouverneur de Versailles, valet de chambre pourvoyeur, gagné à coups de promesses. Mme de Maintenon mit dans son parti, en le mettant d'abord dans son lit, le marquis de Louvois.

« Enfin, au milieu de l'hiver, par une nuit sans étoiles, et comme portant le deuil de cette union insortable, Bontemps alla chercher la future et la conduisit dans un des cabinets du Roi, où se trouvaient assemblés Louis XIV, le Père La Chaise, M. de Harlay, Louvois et Montchevreuil.

« Un autel avait été préparé ; l'appartement mal éclairé ne laissait pas apercevoir ce qui se peignait sur ces figures silencieuses ; le roi avait l'air triste, et venant à lever les yeux vers un portrait de la défunte reine, qu'on avait oublié d'enlever, il les baissa, pleins de larmes.

« La Maintenon, au contraire, s'avançait avec des airs de triomphe que partageaient ses créatures. La messe fut dite par le confesseur du roi et servie par Bontemps.

« Lorsque le Père La Chaise demanda à Mme de Maintenon si elle consentait à recevoir pour époux Sa Majesté, elle l'interrompit par un *oui* prononcé d'une voix claire et sonore. Avant de répondre à la même demande, Louis hésita quelques instants et personne n'entendit le *oui* honteux qu'il murmura. »

Mme de Maintenon fut en possession du cœur de Louis XIV et presque de la puissance souveraine jusqu'à la mort du monarque.

Pendant le règne de sa haute faveur, elle introduisit les dévots à la Cour, protégea la religion catholique au détriment de la religion protestante et, dans son zèle de prosélytisme, elle eut la malheureuse idée de conseiller au roi la révocation de l'Edit de Nantes, dont les résultats furent si funestes à la France, et qui plongea dans l'exil et la misère cinq cent mille infortunés protestants.

.·.

La mort allait rompre enfin les nœuds qui unissaient Louis à Mme de Maintenon.

Nous ne donnerons ici des derniers moments du roi que les détails relatifs à la favorite.

En s'adressant à Mme de Maintenon, Louis lui dit :

— J'avais toujours ouï dire qu'il était difficile de mourir ; je touche à ce dernier moment et je ne crois pas que ce soit si pénible.

Elle lui répondit que le moment était effrayant quand on avait de l'attachement au monde et des restitutions à faire.

— Je ne dois comme particulier, reprit le roi, de restitution à personne ; pour celles que je dois au royaume, j'espère en la miséricorde de Dieu. Je me suis bien confessé ; mon confesseur veut que j'aie une grande confiance en Dieu, je l'ai tout entière.

Quel garant que le père Tellier, dit Duclos, pour la conscience d'un roi !

Le 28 août, le roi lui dit encore :

— Ce qui me console de vous quitter, c'est que nous nous rejoindrons bientôt dans l'éternité.

Mme de Maintenon ne répondit rien à cet adieu, qui parut lui répugner beaucoup.

Bolduc, premier apothicaire, assura qu'elle s'était écriée en sortant :

LOUIS XIV CHEZ Mme DE MAINTENON

— Voyez-vous le rendez-vous qu'il me donne ? Cet homme-là n'a jamais aimé que lui !

Ce reproche d'égoïsme eût valu quelque chose dans une autre bouche.

Mme de Maintenon partit immédiatement pour Saint-Cyr.

Le 29, le roi qui s'était ranimé, s'aperçut de son absence. Il en témoigna du chagrin et la demanda plusieurs fois.

Elle revint et s'excusa en disant qu'elle était allée unir ses prières à celles des demoiselles de Saint-Cyr.

Le lendemain 30, elle demeura près du roi jusqu'à midi. Voyant alors que sa tête s'embarrassait, elle passa dans son appartement où Cavoye, par l'ordre du duc d'Orléans, la suivit.

Elle voulut enfermer quelques papiers dans une cassette pour les emporter, Cavoye s'y opposa et dit qu'il avait ordre du premier prince du sang de s'emparer de ces papiers.

Cet ordre parut l'atterrer.

Après un moment de silence, elle lui dit :

— Me sera-t-il, Monsieur, permis de disposer de mes meubles ?

— Oui, Madame, excepté ceux qui appartiennent à la couronne.

— Les ordres que vous me donnez, Monsieur, sont bien hardis ; le roi n'est pas encore mort, et si Dieu nous le rendait, vous pourriez vous repentir de les avoir exécutés.

— Si Dieu nous rendait le roi, Madame, il faudrait

espérer qu'il reconnaîtrait ses véritables amis et qu'il approuverait la conduite qu'ils ont tenue. Si vous voulez, Madame, rentrer chez le roi, vous en êtes la maîtresse ; si vous ne le désirez pas, j'ai ordre de vous accompagner à Saint-Cyr.

Mme de Maintenon ne répondit pas un mot, partagea ses meubles entre tous ses domestiques et partit pour Saint-Cyr où elle dut s'apercevoir que son règne était fini.

En arrivant, la supérieure s'approcha d'elle avec plus de froideur que de respect, et demanda à Cavoye si elle ne se compromettrait pas en recevant Mme de Maintenon, sans la permission du duc d'Orléans.

Cavoye, révolté de cette ingratitude, lui répondit sèchement :

— Vous avez donc oublié déjà que Madame est la fondatrice de votre maison ?

Louis expira le 1er septembre 1715.

Le lendemain, son testament fut cassé, et la régence déférée au duc d'Orléans.

Le récit que fait La Beaumelle de la part que Mme de Maintenon prit aux derniers moments du roi, diffère de celui qu'on vient de lire, et qui est en partie tiré de Duclos.

L'auteur des *Mémoires secrets* doit inspirer en somme plus de confiance que le panégyriste.

Saint-Simon va plus loin que Duclos. Il accuse positivement Mme de Maintenon d'avoir abandonné Louis XIV quand elle n'avait plus rien à en tirer.

Il assure que le roi ne cessa de la demander et

mourut avec la douleur de ne pas la voir auprès de lui.

Le triomphe du duc d'Orléans fut un coup cruel pour Mme de Maintenon, qui reçut, dès le lendemain, si l'on en croit Dangeau, l'ordre de ne pas sortir de Saint-Cyr.

Une visite que le régent lui fit, sans en prévenir personne, piqua vivement la curiosité publique. Il s'enferma seul avec elle.

Mme de Caylus prétend que le régent ne s'entretint avec elle que du désordre des finances, de la modification de sa pension et du désir qu'il avait de l'augmenter.

Assurément, dit un historien, une conversation aussi amicale n'aurait pas ému Mme de Maintenon au point où elle était lorsque le prince la quitta.

Son agitation était si grande qu'on fut obligé de lui faire respirer des sels.

De retour à la cour, le régent fut interrogé sur son entretien avec la *veuve* : c'était ainsi qu'on désignait celle qui, quelques jours auparavant, faisait trembler la France.

Le prince répondit :

— La position où a été longtemps Mme de Maintenon et la confiance que le feu roi avait en elle m'ont forcé à des actes qui répugnent à mon caractère, et j'ai été bien aise de la rassurer sur les suites que pouvaient lui causer quelques appréhensions. Je ne veux pas la rendre malheureuse : n'est-elle pas d'ailleurs assez punie d'avoir échoué dans les deux choses qui l'intéressaient le plus, la déclaration de son mariage, et la régence pour M. le duc du Maine, son enfant d'adoption ?

Mme de Maintenon reçut à Saint-Cyr, pendant sa retraite, la visite de quelques personnes de l'ancienne cour ; mais, à l'exception du duc du Maine, ces personnes étaient toujours obligées de la prévenir d'avance.

Ce prince lui rendait des devoirs fréquents et en était toujours reçu avec une tendresse de mère.

Elle vivait dans cet établissement avec une étiquette équivoque de reine douairière, pour nous servir de l'expression des *Mémoires secrets*.

Lorsque la reine d'Angleterre allait dîner chez elle, chacune avait son fauteuil ; les jeunes élèves de la maison la servaient, et tout annonçait l'égalité.

Le czar Pierre, lors de son voyage en France en 1717, voulut voir celle qui avait été si longtemps la compagne de Louis XIV.

Il se rendit à Saint-Cyr et, après avoir visité dans le plus grand détail l'établissement il monta chez Mme de Maintenon.

Celle-ci, l'ayant prévu, s'était mise au lit, ses rideaux et ceux de ses fenêtres fermés.

Le czar, en entrant, dit Duclos, tira les rideaux des fenêtres, puis ceux du lit, la considéra attentivement et sortit sans dire un mot et sans lui faire la moindre politesse.

Mme de Maintenon fut pour le moins étonnée d'une si étrange visite et dut sentir la différence des temps.

On connaît la disgrâce et l'arrestation du duc du Maine. Ce fut pour Mme de Maintenon le coup de la mort.

La fièvre la prit et ne la quitta plus. Se sentant fort mal, elle fit prier le régent de permettre au duc de Villeroi de se rendre à Saint-Cyr : elle avait, disait-elle, quelque chose à lui communiquer.

— Allez-y, Monsieur le duc, dit le prince à ce seigneur, mais allez-y seul et que ce soit à moi seul que vous rendiez compte de la conversation.

En voyant entrer cet ancien ami, Mme de Maintenon s'attendrit ; elle demanda qu'on la laissât seule avec le duc, et la conversation dura plus longtemps que la faiblesse de la malade ne le permettait.

Elle mourut le 15 avril 1719, âgée de près de quatre-vingt-quatre ans.

Deux lignes insérées dans la *Gazette* apprirent à la France un événement auquel elle ne prit pas grande attention. C'est le cas de répéter : *Sic transit gloria mundi : ainsi passe la gloire du monde.*

On l'enterra dans le chœur de l'église de Saint-Cyr, de ce célèbre établissement qu'elle avait fondé et dont elle eut la direction suprême.

C'est là qu'en présence de Louis XIV et de Mme de Maintenon, et devant toute la cour, fut représentée en 1689, par les jeunes pensionnaires, la tragédie d'*Esther*, où sous les noms de Vasthi et d'Esther, Racine faisait allusion à Mme de Montespan et à Mme de Maintenon qui l'avait remplacée.

Athalie, le chef-d'œuvre de la scène tragique, y fut

représentée en 1691 ; mais ces représentations, détournant les élèves de leurs travaux ordinaires furent supprimées.

Mme de Maintenon était grande appréciatrice du talent de Racine ; et quand ce poète croyait avoir échoué dans *Athalie*, elle soutenait, avec l'auteur de l'*Art poétique*, qu'il n'avait jamais rien fait de plus beau.

Voici ce qu'elle écrivait lors de la reprise de cet ouvrage sous la Régence :

« Dieu veuille que les représentations d'*Athalie* fassent quelques conversions ! C'est la plus belle pièce qu'on ait écrite, qu'on ait vue : on y revient, je l'avais prédit. »

Cet homme de génie, auquel elle rendait si bien justice, et qui avait répandu tant d'éclat sur l'établissement de Saint-Cyr, elle ne sut pas le défendre contre le mécontentement royal, et voici dans quelles circonstances :

Elle avait demandé à Racine, sur la misère publique, un mémoire qu'elle remit au roi.

Louis lut ce mémoire et témoigna de l'humeur ; elle eut la faiblesse de nommer l'auteur et de ne pas prendre sa défense.

Racine, plus poète que philosophe, ne sut pas survivre à la disgrâce.

Peut-être elle-même ne lui avait-elle pas pardonné une distraction qui, quelque temps auparavant, l'avait refroidie à son égard.

Racine était souvent admis en présence du roi qui

aimait à s'entretenir avec lui. Un soir, la conversation tomba sur les théâtres. Louis demanda pourquoi la comédie était moins suivie qu'autrefois. Racine en donna plusieurs raisons et conclut par la plus forte de toutes, selon lui : c'est qu'à défaut de bons ouvrages nouveaux, les comédiens n'en jouaient que d'anciens, entre autres ceux de Scarron qui ne valaient rien et fatiguaient tout le monde.

A ce mot Mme de Maintenon rougit, non de la réputation de son premier mari qu'il avait attaquée, mais d'entendre prononcer le nom de Scarron devant son successeur.

L'embarras du roi fut assez visible pour que Racine s'aperçut de son impair : il n'en fut pas moins le plus embarrassé des trois personnages.

Après quelques moments de silence, le roi congédia Racine et de quelque temps ne daigna lui parler ni le regarder. Autant en fit la belle outragée. Aussi, pourquoi parler de corde dans la maison d'un pendu?

Jamais peut-être il n'y eut de faveur plus éclatante que celle de Mme de Maintenon ; il n'y en eut jamais de plus réelle et de plus reconnue.

Sa puissance, dit Saint-Edme, était un article de foi pour le public, et, comme le disait la princesse de Bavière, on aurait plutôt offensé Dieu que cette favorite.

Le marquis de Valincourt lui écrivait :

« Je ne suis bien servi par mes valets que depuis qu'ils m'ont vu entrer chez vous. »

Un grand seigneur se crut trop heureux de prendre

sans dot une fille dont la mère avait dîné chez Mme de Maintenon.

Si les courtisans, sans l'aimer, se prosternaient devant elle, il n'en était pas ainsi du peuple dont la haine ne se contraignait pas toujours ; et, plus d'une fois, ses acclamations peu flatteuses firent rougir de dépit et de confusion ce front qui commandait les respects de Versailles.

Au faîte de la puissance, elle ne trouva que l'ennui :

« Que ne puis-je vous donner mon expérience, écrivait-elle à Mme de la Maisonfort ? Que ne puis-je vous faire voir l'ennui qui divise les grands, et la peine qu'ils ont à remplir leur journée ? Ne voyez-vous pas que je meurs de tristesse dans une fortune qu'on a peine à imaginer ? Quel ennui d'amuser un homme qui n'est pas *amusable !* »

Malgré le rang où elle était parvenue, elle n'avoua jamais qu'une pension de 48.000 livres.

Aussi, se plaisait-elle à répéter en parlant du roi : « Ses maîtresses lui coûtent plus cher en un mois que moi dans toute l'année. »

Bien qu'on ait voulu lui faire honneur du peu d'avancement qu'elle procura à sa famille, on doit cependant convenir qu'elle fit pour ses parents tout ce qu'elle pouvait faire.

Sa nièce épousa le duc de Noailles. Quant à d'Aubigné, son frère, un des hommes les plus débauchés de son époque, ne fut-il pas gouverneur d'une province et décoré du cordon bleu ?

Il est vrai qu'on ne lui donna pas le bâton de ma-

LE TZAR CHEZ Mme DE MAINTENON

réchal de France qu'il ambitionnait ; mais, comme il le disait, il l'avait reçu en argent.

Sa sœur, en effet, quoiqu'elle n'eût qu'une pension de 48.000 livres, fournit à toutes ses prodigalités.

Le jugement de l'histoire sur Mme de Maintenon varie beaucoup.

Les uns n'ont vu en elle qu'une dévote, arme merveilleuse entre les mains des Jésuites, pour assurer leur domination et vaincre le protestantisme, qui eut alors ses apôtres et ses martyrs.

Les autres considèrent la dernière maîtresse de Louis XIV comme une intrigante de premier ordre qui, sous les dehors de la piété, sous les apparences de la vertu, n'avait eu en vue que la richesse et les honneurs.

Que le lecteur choisisse entre ces deux jugements : le second trouvera beaucoup d'approbateurs.

*
* *

Un hommage qu'il sied de rendre à la marquise de Maintenon, c'est de constater qu'elle fut d'une charité extrême.

Toutes les fois qu'elle faisait quelque voyage à Fontainebleau ou ailleurs, elle faisait mettre de la monnaie dans son carrosse pour la distribuer le long du chemin.

En 1694, elle vendit un attelage de chevaux et une bague pour les pauvres.

Elle redoubla ces aumônes en 1709, qui était une année de stérilité, faisant distribuer du pain, des couvertures et des hardes, et allant parfois faire ces distributions elle-même.

Elle voulait que toutes les aumônes passassent par le curé, afin de soutenir son autorité.

Quelquefois, sur le chemin de Saint-Cyr, elle rencontrait de pauvres femmes qui avaient l'air de se trouver mal ; elle les mettait dans son carrosse, les faisait manger en arrivant et les renvoyait avec de l'argent.

Une femme qu'elle assistait étant fort importune et toujours mécontente que Mme de Maintenon ne lui donnât pas assez :

« Elle aura beau m'injurier, dit-elle, je lui ferai toujours du bien car c'est pour l'amour de Dieu et non pour l'amour d'elle. »

Une année, où l'hiver avait été particulièrement rigoureux, elle retrancha une partie des étrennes de ses domestiques et leur dit :

« Vous savez bien que ce n'est pas pour me donner plus de robes et de commodités, mais pour assister les pauvres. »

M. le duc de Noailles lui fit un jour présent d'une boîte précieuse :

« Pourquoi, dit-elle, me donnez-vous cela ? J'aimerais bien mieux de la toile, du blé, une bonne charretée de foin, car j'en ferais un meilleur usage que je ne puis faire de cette boîte. »

Quelquefois, elle était rentrée chez elle sans écharpe et sans coiffe, les ayant données à de pauvres dames.

*
* *

Nous avons dit que Mme de Maintenon était morte le 15 avril 1719. Le 17, eut lieu l'enterrement, présidé par l'évêque de Chartres.

Sur la pierre de marbre qui recouvrait ses dernières dépouilles, on fit graver une curieuse épitaphe que le duc de Noailles fit faire par l'abbé de Vertot, de l'Académie française.

Voici ce document curieux à bien des titres :

CY-GIT

Madame Françoise d'Aubigné,
Marquise de Maintenon,
Femme illustre, vraiment chrétienne,
Cette femme forte que le sage chercha vainement
dans son siècle, et qu'il nous eut proposée pour
modèle s'il eût vécu dans le nôtre.
Sa naissance fut très noble;
On loua de bonne heure son esprit et plus encore
sa vertu.
La sagesse, la douceur, la modestie
Formaient son caractère qui ne se démentit jamais.
Toujours égale dans les différentes situations
De la vie, mêmes principes, mêmes règles,
Mêmes vertus.

Fidèles dans les exercices de piété.
Tranquille au milieu des agitations de cour.
Simple dans la grandeur.
Pauvre dans le centre des richesses.
Humble au comble des honneurs.
Révérée de Louis-le-Grand,
Environnée de sa gloire.
Autorisée par la plus intime confiance.
Dépositaire de ses grâces.
Une autre Esther dans la faveur.
Une seconde Judith dans la retraite et l'oraison.
La mère des pauvres.
L'asile toujours sûr des malheureux.
Une vie si illustre a été terminée
Par une mort sainte et précieuse devant Dieu.
Son corps est resté dans cette sainte maison,
Dont elle avait procuré l'établissement,
Et elle a laissé à l'Univers l'exemple de ses vertus.
Décédée le 15 avril 1719 ;
Née le 28 novembre 1635.

Courbevoie. — Imp. E. Bernard, et Cⁱᵉ, 14, rue de la Station